生命是**劫后重生**的奇迹

蒋萌 著

Life
A Miracle of Rebirth

出版社

图书在版编目（CIP）数据

生命是劫后重生的奇迹 / 蒋萌著． -- 北京：人民日报出版社，2019.3
ISBN 978-7-5115-5806-0

Ⅰ．①生… Ⅱ．①蒋… Ⅲ．①散文集－中国－当代
Ⅳ．① I267

中国版本图书馆 CIP 数据核字（2019）第 009270 号

书　　名：生命是劫后重生的奇迹
作　　者：蒋　萌

出 版 人：董　伟
责任编辑：林　薇　陈　佳
装帧设计：主语设计

出版发行：人民日报出版社
社　　址：北京金台西路 2 号
邮政编码：100733
发行热线：（010）65369527　65369512　65369509　65369510
邮购热线：（010）65369530
编辑热线：（010）65369514
网　　址：www.peopledailypress.com
经　　销：新华书店
印　　刷：北京中科印刷有限公司

开　　本：889mm×1230mm　1/32
字　　数：150 千字
印　　张：8.5
版　　次：2019 年 3 月第 1 版　2019 年 6 月第 2 次印刷

书　　号：ISBN 978-7-5115-5806-0
定　　价：39.80 元

1981年摄于人民日报社大院，当时奶奶常背着我外出溜达，祖孙二人成了院内一道"风景"。后来，奶奶又将我背回重庆老家。

1988年，8岁的我在家后院盛开的桃花树前留影。那是我生命中短暂而美好的童年时光。

1994年3月，父母陪伴身患重疾、以致全身瘫痪的我前往上海求医，一家人于夜色下的外滩合影。父母是我身后永远的精神支柱。

2005年5月,被"囚禁"在家十年后,我再次重返秦皇岛北戴河,兴奋之情溢于言表。

2006年3月30日,我和父亲一同受邀出席上海东方网评论员工作会议,后前往周庄古镇感受水乡风情。

2012年7月,我与母亲一同在北戴河戏水,下肢不能运动的我,还能重回大海的怀抱,再尝海水的滋味,令我百感交集,流下激动的泪水。

岁月如梭,昔日一起长大的小伙伴如今都有了各自的事业,友谊历久弥坚。摄于2008年12月

万物皆有裂痕,那是光照进来的地方。

There is a crack in everything, that's how the light gets in.

——莱昂纳德·科恩(Leonard Cohen)

推荐语

水滴石穿，有志者事竟成。坚强的意志，不懈的努力，促使嫩苗成长为枝繁叶茂的大树。蒋萌的成长和成功，再次证明这个颠扑不破的人生哲理。衷心祝愿他更加辉煌灿烂的未来。

（袁鹰：当代著名作家、诗人）

一个人在社会这一架大算盘上只是一颗小珠子，受命运的摆弄；但在自身这架小算盘上，他却是一只拨着算盘的手，可以支配命运。才华、时间、精力、意志、学识、环境，统统变成了算盘上的珠子，腾挪摆布，大有作为。蒋萌的故事，最完美地诠释了这个人生哲理。

（梁衡：当代著名作家、人民日报原副总编辑）

在他的奋斗过程中，我们看到了苦难的双重效应。苦难也是一所"大学"。蒋萌进了这所"大学"后，学习刻苦，成绩斐然。

（吴兴人：作家、评论家）

他之成绩，是他自身努力的结果——上帝给他关上了一扇门，他给自己打开了另一扇门。

（王乾荣：高级编辑、杂文家）

张海迪善于抒情，史铁生善于叙事，而有同样身体条件能拿起思辨和政论武器的，也许蒋萌是第一人。

（李景阳：学者、杂文家）

蒋萌的遭遇显然与白朗宁夫人不同，但他们自强不息的精神是一样的，都是躺在床上或坐在轮椅里，没有向命运低头，用文字一个字一个字码出自己的路，呼啸而来，走进了文学的殿堂。

（颜世贵：老邻居、老记者）

他的前卫的思想观念,他观察和判断事物的锐利目光,他与生俱来的责任感、使命感,他的犀利而朴实的文笔,都让人佩服不已!

(胡世宗:军旅诗人、作家)

了解了他的这一人生经历之后,再去读《"霍金现象"的联想》(蒋萌著)等作品,更可知他已经把自己的不幸变成对于包括残疾人在内的弱者的人文关怀。

(宋志坚:编审、杂文家)

蒋萌笔下,有对社会正面现象的称颂,也有对负面现象的批评。他的态度是鲜明的,批评也是尖锐的,但都饱含着真诚的善意。

(郑荣来:作家、文学评论家)

向努力站立的你致敬

刘　琼

蒋萌，许多年前，大约是 2005 年，我也像你今天这般年纪，也像你在书中写到的童年的好朋友一样，从学校到单位，然后结婚、生子，看起来顺顺当当。这天下午，我接到单位交下来的一项特殊任务，从此知道了你的名字。什么特殊任务？其实就是你们家被推选为全国"五好家庭"，我负责写推荐材料。

黄昏，你爸爸把各种材料包括当时一些报纸如《京华时报》采写的文章摊在他的办公桌上，一件一件地讲给我听，讲到紧要处，会停下来，然后慢慢地说："小刘琼，你不知道……"这是你爸爸的口头禅，我们文艺部的老人都知道。他喜欢说"小童古"，说"常莉小姐"，是重庆北碚人的俏皮尾音，他偶尔还喜欢谈论股市，谈论电脑的各种用法。他个儿不高，但开朗，走路有劲儿，接受新东西很快，通通达达的一个人。"真像个四川人"，我有时候想，那时候四川和重庆还没有分家。

· 生命是劫后重生的奇迹 ·

    我至今清晰地记得讲完你的故事后你爸爸的平静，以及我的震惊。走出你爸爸的办公室，站在编辑部的大平台上，看着许多台安静的机器，几个老编辑还埋首其中，我记得我有点恍惚，想，这人世间真是旦夕祸福。

    从那时起到现在，又过去了若干年，我仍然过着一种相对简单的生活，也是通常的生活，不能说幸福，也不能说不幸。晚上有时会在报社大院里散散步，偶尔，也会远远地看见一辆轮椅车，我的眼神不好，特别是在夜间，但我知道一定是你。在这个院子里，只有你，会自己坐着轮椅车出来散步。

    你爸爸说，自己坐轮椅车出来是你的需要。你要散散心，呼吸一下外面的空气，你要一个人静静地看看、想想。你在建立和感受自己与这个世界的联系。写到这里，我突然想，一个人跟这个世界的联系可真脆弱，腿坏了，被限定在家里，不走出去，可能与世界的关系就断裂了。比如你，当初从上海做完手术坐上轮椅后，才14周岁，虎头虎脑的一个男孩，如果不自学英语，不自学电脑，不自学写作，对外界没有任何了解，对外界没有任何反应，跟外界没有任何联系，你一定不是现在这个状态。你一定不会像现在这样大量读书，大量写作，大量思考，最重要的，你不会像现在这样对人、对事都很关注，会评论，会介入，会交流，会充满感情。从你写下的这些文字，我惊讶地看到了文笔的成熟、创作的才华，但其实最令我惊讶的是字里行间满是赤子之真、赤子之情。它们可真干净，对童年，对亲人，对朋友，对老师，甚至对人生的苦难，都是干干净净的，不曾蒙尘。是的，你也没有机会"蒙尘"，但我想这更多是精神的教养。记录下的这些人和事是如此具体细致，甚至让人怀疑，一个孩子的记忆怎么容得下这么多细节。怎么不可能？上帝为你关闭一扇门的时候，一定也为你打开了一扇窗。文字和互联网把你从轮椅上拯救出来，用你的话说，你开始"向死而生"。

  你文字里充满的各种情趣，是我特别喜欢的。别人对你的各种情义和好，你都铭记在心，文字里你并不抒情，只是真实地记录，包括自己的感受，甚至可以看到遗传自你父亲的幽默。这是你与外界联系的方式，也是让你检视自己的方式，非常好！你的这种精神上的努力站立，竟然让我想起了一部著名的好莱坞影片《我的左脚》，电影改编自爱尔兰作家克里斯蒂·布朗的真实经历：克里斯蒂·布朗因小儿麻痹症而全身瘫痪，却依靠唯一可以活动的左脚成为画家和诗人。这个电影和这个故事你也一定看过，但他在远方、在过去，你在我们的身边。你的坚持和努力，包括你的开朗和懂事，没法不让我对你心生敬意。

有谁到这人世走一遭不碰到各种不幸？这句话我可以拿来安慰你，但我想，你不需要，因为我不是你。你的所有不幸都要靠你自己、靠你父亲、靠你母亲来扛。而且，从某种角度说，正是有这样的父母，才能有今天在精神上努力站立的你。我当然要向他们致敬，但我更想向你致敬。说一千道一万，所有外界的鼓励、赞美，包括你不需要的同情，都是简单的、可操作的，都不能代替你所经受的一丁点儿痛苦。所有的痛苦，身体的和精神的，最终还是要靠你自己去承受。

但是，外界会带给你很多信息，作为支撑。比如说我，我想告诉你，在你这本书里，我看到了一个才华横溢的真实的蒋萌。

夜色里，你的轮椅车从我的身边经过，我还是没有跟你打招呼。你不知道，我其实有社交恐惧症，我也喜欢宅着，心满意足。像你我这样的人，心意都在心里，故事都在脑子里，我们可以用笔和键盘去走路、去说话、去寻找。

我比你大10岁，你爸爸让我为你的书写一点东西，我就脸红了。但我是由衷地欣赏你、敬佩你。我把你的故事讲给我的孩子听，他今年才14岁，是你开始坐轮椅的那个年纪。我说："哪天带你去认识这位不平常的叔叔。"

（刘琼：人民日报海外版文艺部主任、 高级编辑）

目 录

01   向努力站立的你致敬 / 刘　琼

第一章　快乐童年

003   "七斤八两"胖小子
005   奶奶的"大米羹"和"小背篓"
008   "留守儿童"
012   "不去幼儿园"
014   自告奋勇讲故事
015   "死磕"拼音
017   "问题学生"
019   时来运转
020   小乌龟带来的灵感
023   晋升"两道杠"
024   欢乐北戴河
026   惊险峨眉山
028   过了一把钢琴瘾
032   老师说我长得像帕瓦罗蒂
034   参加军乐团

附：

037　陪儿子练钢琴 / 母亲　马桂芝

第二章　病魔来袭

041　发现脊柱侧弯
042　"铁背心"治疗仪
045　隐藏的元凶
047　"华山"一条路
050　初进手术室　无功而返
052　几度鬼门关　生死徘徊
056　救命钱不够了　咋办
058　放疗"拉锯战"硬扛

附：

061　四处求医　南北征战 / 父亲　蒋元明
066　十万分之零点三 / 华夏时报记者　王青笠
067　让人屏息的求医之路 / 女大学生　宋舍露

第三章　艰苦自学

071　自学是治疗痛苦的良药
075　在高考的日子里痛哭
077　自修完中学到研究生英语课程

079　电脑让我着迷
082　从自攒电脑到涉足软件编程
085　一网知天下

　　　附：
088　重新练习坐与走 / 华夏时报记者　王青笠
089　寻找通向未来之路 / 女大学生　宋含露
091　在风雨中顽强生长 / 父亲　蒋元明

第四章　网络突围

095　黎明前的彷徨
096　"赛车"试水
099　执着选题　熬夜写作
102　经历感触"大爆发"
106　涉足报刊　道路更宽
108　放眼海外　视野更广
112　结缘人民网
115　主持《观点1+1》
118　感性在左　理性在右
122　感谢网络时代

附：

- 125　网坛上的"小号手" / 新民晚报记者　邵宁
- 127　疯狂的写作 / 工人日报记者　罗娟
- 128　创造一个又一个奇迹 / 人民日报记者　李鹤
- 129　十大网评人 / 华夏时报记者　王青笠
- 130　出网评集　进人民网 / 文艺报记者　曾祥书
- 133　从写日记到"父子兵" / 父亲　蒋元明

第五章　轮椅人生

- 141　"亚健康"找上门
- 144　轮椅"夜游侠"
- 148　散步一族多奇观
- 150　小孩叫我"大爷"
- 153　大姐话家常
- 156　走自己的路
- 157　重返北戴河
- 160　旅行也是一种阅读

附：

- 164　内心盛开幸福之花 / 工人日报记者　罗娟
- 166　拥有可以穿越一切的翅膀 / 人民日报记者　李鹤

第六章　永远情分

169	异姓兄弟——乐乐
170	婚礼祝福
172	亲密发小
176	不离不弃
177	越洋电话
178	分享快乐
181	异性朋友——晶晶
181	久别重逢
184	柔弱小姑娘
186	英语老师
188	英文传书
190	互称老友
191	面对牵手随缘分

附：

194	最爱的人 /华夏时报记者　王青笠
195	一份珍藏19年的捐款名单 /母亲　马桂芝

第七章　作品精选

- 201　"国情"是筐还是泥？
- 203　国足仍是"刘阿斗"
- 205　冷观"干部弹簧年龄"
- 207　追忆"国民床单"别跑偏
- 210　"摩托返乡军"带来坚韧与感动
- 212　好莱坞的"主旋律"
- 215　星巴克"进驻"灵隐寺随想
- 217　"武林盟主"金庸被招安啦？
- 219　普京"被撂倒"不丢面子
- 222　同一个世界　同一张笑脸
- 225　生命如花——记我的"忘年交"黄际昌伯伯
- 228　我与胡昭衡爷爷的"神交"
- 232　苏州园林的精妙

附：

- 238　思辨的蒋萌 / 李景阳
- 241　《蒋萌网评》——一部沉甸甸的处女作 / 郑荣来
- 245　快刀和热血——读蒋萌新著《观点·良知》/ 朱悦华

- 249　后　记

第一章

快乐童年

萌萌,父母取这个名字,有期盼幼苗成长之意。80后独生子女,童年与一般城里孩子大体相同,但也有些特别的经历。1岁多被奶奶从北京带回重庆乡下老家,3岁才接回北京上幼儿园。6岁随父母回老家探亲,途经成都,爬峨眉山,一天走过五六十里山路;返京坐船游长江三峡,到武汉逛东湖、登黄鹤楼。从小喜欢游泳,多次随父母去秦皇岛北戴河、烟台养马岛海里游泳。上小学就在家门口,学习不错。还学过钢琴,参加过军乐团——有过短暂快乐的童年。

/生命是劫后重生的奇迹/

· 第一章 快乐童年 ·

"七斤八两"胖小子

每个人的诞生都是一次"中奖"。因为,要从亿万个父精中脱颖而出,还得在正确的时间、正确的地点遇到那颗正确的母卵,然后经过 300 天左右平平安安地孕育,才可能来到人间,经历一次唯一的、不可复制的人生旅程。

然而,我的降生又非顺产,父亲在手术单上签字时手都有些发抖,因被告之:大人小孩都可能有危险!手术那天,父亲在手术室外一直提心吊胆。

母亲生我时 30 岁,父亲那时 31 岁,在那个年代绝对算晚育。在响应国家号召之下,我成为第一代独生子女。母亲孕期血糖高,加上她属于高龄产妇,所以我是剖宫产生的。

1980 年 12 月 27 日上午,我在北京的解放军 304 医院降生,以响亮的啼哭声向周围的人们问好,体重 7.8 斤,是个标准的大胖小子。母亲说第一眼看到我时,最深刻的印象是,我的头发又黑又长直至鬓角。由此,她总对儿时的我说,你将来一定会长络腮胡子。她相信我会成为一个很爷们儿的人。后来细细端详,她看到我的眼睛又大又亮,还在我的右眼内眼角下发现一处不易察觉的针孔大小的小眼儿。她笑称,有这个"记号"好认,丢不了。

那时候每周只休星期天,也许医生们怕我在他们休息时"想出来",所以在周六,也就是 27 日就动刀了。我曾琢磨,如果我早一天出生,会赶上毛泽东诞辰日,没准儿能沾点他老人家的"仙气";倘若晚几天降生,年轮迈入 1981 年,我则会"年轻"一岁。当然,这只是胡思乱想罢了。

对于我的降生,母亲痛并快乐着。初为人母的喜悦,家人和朋友的恭喜祝福自不必说。但是,孩子的生日也是母亲的受难日,剖宫产的伤口钻心地疼,让母亲终生难忘。为了避免产后肠粘连,护士让她从病床上下来走路。她疼得站不起来,委屈地哇哇大哭。一旁的护士呲儿她:"生了胖儿子,哭个啥?"她还记得,剖宫产术后最多可以打两次"杜冷丁"镇痛,打过之后有种"飘"的感觉,然后她就昏昏地睡去。

父亲则表现出初为人父的笨拙与老实人的木讷。那家医院规定"非探视时间不得前往",父亲就老老实实遵守。母亲说,她在医院疼得要命却没有父亲陪床,同屋另一个产妇的丈夫则有"妙招"。那位新爸爸奉行"敌进我退,敌退我进"的方针,也就是眼看护士要来，他就赶紧从病房溜出去，一看护士走了，他就又立刻溜进来看媳妇。虽然也有被护士逮个正着的时候，挨一顿批评，但那位老兄嬉皮笑脸对别人讲"反正我老婆就生这一回，挨批就挨批"。母亲对父亲撇嘴说"瞧瞧人家的丈夫"，父亲傻笑不语。

奶奶的"大米羹"和"小背篓"

那个年代，各种物资都比较匮乏，什么东西都要定量配给。母亲说她没吃到什么补养品，父亲说吃了几只鸡。对此，我无从考证。但我知道，孕产期的女人需要更多关爱，有些嗔怪和不满很正常。母亲说，我夜晚时常啼哭，她总要起身把我抱起来哄，由于顾不上多穿衣服，在月子里腰部受风，她落下了腰疼的毛病。母亲的奶水一直不足，喂我这个胖小子不够。当时给新生儿定量供给的牛奶每天只有一瓶，还是不够我吃。这可怎么办呢？

奶奶早就从重庆老家赶到北京，为的是伺候儿媳妇坐月子，并帮忙带孙子。曾养育 5 个儿女，此前又带过几个孙子孙女的奶奶，在养儿方面自然有一套。看到母亲奶水不足，奶奶就给我做"大米羹"。方法是，先把大米用温水泡软，之后用力捣碎；当时买不到捣蒜罐一类的东西，就用擀面杖在碗里捣，使的劲儿得有度，劲儿大了会把碗捣破，劲儿小了米又不烂。米被捣烂后掺适量水搅匀，再用纱布过滤去渣，留下米浆；在米浆中打入一个鸡蛋，加一勺蜂蜜搅匀，最后上锅蒸熟，就成了一种金黄色的、稠乎乎的流质食物。父亲说，把做好的"大米羹"灌入奶瓶，放到嗷嗷待哺的我的小嘴上，我就会咕咚咕咚地吸，不一会儿就能把满满一瓶喝光。奶奶边喂边点头微笑，嘴里还念叨着"要得"（四川话，好、赞美的意思）。

　　奶奶还带来一只竹子编成的小背篓，背篓里有一块小横板当座，是南方人专门用来背孩子的，小孩在里边可站可坐。就这样，儿时的我不是坐婴儿车出行，而是被奶奶背在背上去外面逛。奶奶是个开朗健谈的人，虽然说着一口浓重的四川话，但她在我们住的大院里一点不觉得拘谨，和左邻右舍的人很快就混熟了。一些人听不懂她说的四川方言，她笑眯眯的并不着急，就和对方慢慢说，学着用夹带着普通话的四川话讲，照样能和对方摆起"龙门阵"。北方的邻居没见过用背篓带孩子出门的，又发现奶奶这个人和蔼可亲，再加上背篓里还是婴孩的我白胖可爱，所以奶奶和我在院子里出了名，很多人都知道有这样一对祖孙。

　　我的名字是父母起的。他们觉得"萌"字既适合男孩又适合女孩，似乎在我出生之前就已定下。在如今的我看来，"萌"字更适合女孩，尤其是近年"萌萌哒"一词火了，与纯爷们儿形象满拧。当然，取名为"萌"有其寓意——一是，由父亲名字中的"明"字和母亲名字中的"芝"字的草字头组合而成；二是，"萌芽"意味着新生，有期盼幼苗成长之意；三是，"蒋萌"二字都有草字头，在结构上看着搭调。我身边的同龄人，名字多是由两个字组成。有一种说法是，这从一个侧面反映出，我们的父辈经历过"十年浩劫，上山下乡"，希望自己的孩子简单一些、纯粹一点。

一个几个月大的婴儿名字，本该不为多少人所知。但某天，有人敲门并询问："蒋萌是住在这里吗？"开门的母亲正纳闷，对方说，自己是附近大学的学生，喜欢摄影，听说此处有个可爱的宝宝，想给孩子拍些照片是否可以？那时候照相机还是稀罕物，胶卷与冲印价值不菲。忽然有人慕名前来，说我很可爱，想给我照相，父母虽感意外，却也感觉开心，便欣然同意。从留存下来的照片看，那名大学生摄影师，将我两眼直勾勾地盯着糖果、流着哈喇子专注剥糖纸的瞬间记录下来，还抓拍下我手拿玩具兴奋挥舞的情景，更为我拍下一张十分传神的肖像——照片上，我微微侧着脸，两眼炯炯有神地看着侧上方，颇有"仰望星空"的神韵。后来，我这张肖像照作为配图被登在《北京晚报》上。想来是那位大学生将照片投给报社获得发表的。我第一次上报纸是以这样戏剧性的方式，直到多年后还被父母津津乐道。

让孩子在1周岁时"抓周"是一种习俗，与其说它预示着孩子将来会干什么，倒不如说这项游戏寄托着父母对孩子的美好祝愿。在我1周岁的时候，面对玩具车、小皮球、钢笔等物件，我随手抓起了钢笔。那时候的我肯定不知道钢笔是什么，现在的我更不知道那时候为什么会去抓钢笔。我的"选择"让当时年轻的父亲很兴奋——想来，写文章的父亲愿意看到"子承父业"，至少希望儿子今后成为有文化的人。我并不迷信，若以兴趣来看，我喜欢理科，但我长大后确实干上了"码字"的行当，是机缘巧合还是冥冥中的必然，真是说不清。

"留守儿童"

天有不测风云。在我1岁多的时候，奶奶突然决定将我带回重庆老家。原本她说要一直待在北京照看我到3岁上幼儿园的，只因姑夫在老家的厂里发生事故不幸去世，奶奶既惦记女儿，又放心不下孙子，才做出这样的决定。那时候，父母要上班没法照顾还是婴孩的我。被奶奶带回老家的我也算是"留守儿童"。母亲后来说,她和父亲一起去车站送奶奶和我上了开往重庆的火车,看到车窗内的我睁着大眼睛不知即将发生的离别,只是抱着奶瓶喝奶,站台上的她眼眶里充满泪水。回到家里,她再也控制不住情绪,放声大哭。父亲在一旁安慰也无济于事。自己的宝宝就这样被带走了,母亲难免伤心落泪,只能说服自己这是没有办法的办法。

  坦白说,我对自己1岁多至3岁在老家的事已没有记忆。不能不说,不由自主地"遗失"了生命中的一些宝贵时光是遗憾的。幸运的是,一些有形的东西被保存下来,帮助现在的我重温并感怀往日的点点滴滴。我在老家的20个月里,父母是靠与我的两个叔叔通信关注我的成长,他们一共收到了30封老家来信。每封信主要包括三方面内容:我的情况,家人状况,父母寄回去的钱收到了。第一封信是我刚回去不久小叔写的:"萌儿这几天,由于刚到重庆,可能在气候和生活上不大习惯,这段时间没有吃多少饭……院子大小娃儿都喜欢他,不管哪个都要抱他……上街拿牛奶是爸的事,回来就是炊事员;妈一天就是抱萌儿。两位老人身体还是不错的。只要我一下班回来就抱萌儿去外面耍。"信落款是1982年4月7日,写满了三张纸。这30封已在我家保存了30多年的家信,语言都很朴实,没有华丽的辞藻,还可以看到一些信在开头时书写工整,但随着篇幅增加、手写疲劳,后面的字迹变得有些潦草。信中的细节片段,将昔日生活中的一幕幕展现在如今的我眼前。面对信中描写的顽皮的自己,我禁不住发笑;感慨于爷爷、奶奶、叔叔、姑姑、堂哥等家人对我倾注的爱,我被泪水模糊了双眼。父亲说,那时候真是"家书抵万金",读写家书成了他和母亲的一件大事。

1983年年底我3岁,到了上幼儿园的年龄,父母决定将我接回北京,继而他们前往重庆。时隔近两年再相见,母亲对我的第一印象是,衣着与其他农村娃一样,说着一口四川话,小手因为玩泥巴而脏兮兮的,只是那双明亮的大眼睛与众不同。母亲想与我亲近,我却视母亲为陌生人,要么往奶奶身后躲,要么干脆跑开。母亲自然感到失落,但也告诉自己得慢慢来。母亲给我带来玩具,我玩得很开心,母亲还给我包馄饨,我吃了一大碗。可到了晚上,短暂的"和谐"又被打破——我不愿意和母亲一起睡,还是要和奶奶一起睡,我大哭起来,母亲也在一旁抽泣。无奈,大人们只能先作罢,让我继续和奶奶睡。睡到半夜,奶奶将熟睡的我抱到母亲床上,原以为这样就没事了,没想到我忽然醒来,发现"人不对",又开始哭闹。你可以想象当时那种"崩溃"的场景。相对而言,我和父亲的关系要好一些。现在想来,可能是因为母亲是北方人,不会说四川话,父亲会说四川话,熟悉四川话的我,见父亲恐怕有"老乡见老乡"

的感觉。

还有一幕令母亲印象深刻。她看到我和同村的另一个小男孩玩,不知什么原因,或是出于男孩之间的打闹,我将那个孩子从土坡上一把推了下去。母亲大吃一惊,生怕把人家的孩子摔坏了,赶忙跑过去看,却发现那个小男孩若无其事地爬起来。在心有余悸的同时,母亲又看了看那个土坡。或许是土坡不太高,又或是南方时常下雨令泥土松软,那个被摔的孩子连一点皮都没擦破。即便如此,母亲还是不禁感慨在农村生活的孩子真"皮实",也看到了乡里乡亲的纯朴——要是在城里,孩子跑回家哭诉,家长还不立刻前来理论?或许,我也被别的孩子这样推倒过,甚至摔破擦伤。想到这里,她不忍责备,隐隐心疼。

回北京的日子终于到了。因为不舍我的离开,爷爷、奶奶、叔叔、姑姑都在流泪,与我"耍"得最好的堂哥更是伤心,就连家里那条大黄狗似乎也看懂了人们的心事,温驯地趴在我身旁,眼睛直勾勾地望着我。我也不想离开他们,哭得死去活来……据父亲回忆,在返京的火车上,车窗外每每出现一个乡村,我都会大喊"那是婆婆家(四川话,婆婆即奶奶)"。父亲心里犹如打翻了五味瓶,一种离别与一种团聚同时出现,远不是有舍也有得那么简单。

火车行至河北石家庄时,父母带我下了车。这是母亲的娘家所在地。作为省会，石家庄自然有城市的气派。小村娃的我初次进城，犹如"刘姥姥进了大观园"。看到街头的车流，我用四川话兴奋地喊着"大汽车"，看到各式各样的建筑，我又叫嚷着"高楼大厦"，引来路人掩口而笑。

进了姥姥姥爷家，我很认生，这会儿只能往"老乡"——父亲身后躲了。姥姥和姥爷见到外孙自然高兴，拿出各种好吃的来哄我，我慢慢被"收买"。母亲说，姥姥隔天早上买回油条，没见过油条的我，一手拿一根，一边学着说"油条"，一边往嘴里塞。南方农村与北方城市有太多的差异，我在经历许多的第一次，也在不知不觉中开始学习和适应。

"不去幼儿园"

回到北京不久，我开始上幼儿园。对此，我首先是拒绝的。在乡村田野里撒欢惯了，突然被送到"孩子营"，被老师管着，自然不习惯。再者，别的孩子都说普通话，只有我说四川话，我就像个"歪果仁"。但是，父母要上班，我只好天天被"押"到幼儿园。据幼儿园老师反映，最开始的一周，我一言不发，一周后开口，居然已能说北京话，这让父母感叹孩子的语言学习能力之强。此外，幼儿园老师向父亲反映我"自私"，父亲不解地问何出此言。原来，小朋友到幼儿园屋里都要换拖鞋，我虽然换了鞋，却执意要把自己那双小皮鞋带在身边，而不是与其他小朋友的鞋一起放入鞋柜。甚至连吃饭的时候，也要把鞋放在饭桌上，令老师哭笑不得。父亲听后"善解儿意"，对老师说，应该是我还不适应新环境，把鞋带在身边想必是怕弄丢了，是孩子爱惜东西的体现。父亲这么一解释，老师也觉得有点道理，算是为我解了围。

我渐渐适应了幼儿园的生活，但我还是不愿意去。那时候，母亲上班离家远，早上6点就出门了。我是在父亲单位的幼儿园入托，所以每天由父亲接送我。我不想去幼儿园，只能和父亲耍赖。父亲回忆，一次他用自行车送我，刚出家门不远我就突然从车上出溜下来，一边哭一边用手拽着自行车前轮："我不去幼儿园！我不去幼儿园！"号啕声震天，左邻右舍的几位奶奶闻声赶出来劝说"他不想去，今天就算啦"。父亲把自行车架好，蹲下耐心和我讲："爸爸妈妈要上班，你在家谁管呀？爸爸要不上班，就没工资了，没钱怎么买吃的穿的，还有玩具？小朋友都上幼儿园，开始不习惯，过一段时间就会好的，你看那么多小朋友在幼儿园玩得多开心。我们萌萌是很懂事的呀……"我脸上挂着泪珠儿，想了想就说："让我在家再玩半小时行吗？半小时后就去幼儿园。"父亲乐了，站起身说："成交！"还摸了摸我的头。一进屋我就高兴得又蹦又跳，拿出玩具来摆弄，父亲忙着为我准备早餐，因为这时幼儿园正在开饭。还好，吃过饭我也遵守了诺言。可到了幼儿园我又提条件："爸爸，放学后第一个来接我！"父亲到现在还逮机会说我这糗事。我记得，我每天都会对父亲说"放学了，你一定要第一个来接我"，还会反复强调，生怕父亲把这茬儿忘了。其实，我也知道那么多小朋友的爸爸妈妈都要来接，我的爸爸不可能总是第一个来，但我觉得只有说了这话，才有安全感似的。父亲对此总是笑呵呵地点头说好。

自告奋勇讲故事

幼儿园也不是对我完全没有吸引力，伙食好是我对幼儿园最深的记忆。从周一到周六，幼儿园每天午饭和晚饭的饭菜都不一样，但每周的菜谱都是固定的，如此循环往复，所以我能预计在幼儿园吃到什么，并且盼望着有好吃的那天。我最爱吃的是幼儿园的水煎包，包子底下那层焦黄的脆皮又脆又香，馅好像是猪肉与西葫芦，儿时的我搞不太清，只是觉得太好吃了。我清晰地记得有一次我一口气吃了13个！还有一个小伙伴居然吃了18个！幼儿园吃饭的规矩是小朋友想多吃，就举手找老师要，老师一开始还一个个地给，到最后干脆让我和那个小伙伴自己去筐里拿。我还有一个"最爱"是鸡蛋虾仁炒米饭，它是周六傍晚的"特供"。吃过这顿香喷喷的炒饭，就可以等着爸爸接我回家过星期天，那种期待感与幸福感就甭提了！

后来，我胆子也变大了，不怯场。在做游戏的间隔、午饭前的空当，老师问哪个小朋友愿意给大家讲故事，我常自告奋勇举手。其实，我讲的故事都是自己瞎编的，讲到自己没词时，我会说"且听下回分解"，小朋友们听得津津有味，老师也乐得让我出来表演，最后还让大家给我鼓掌。看到大家很爱听我胡编的故事，我挺得意，表演的胆子越来越大。现在的我不清楚那时的我哪来那么多"创意"与勇气，如果现在要我在没有准备的情况下登台临场发挥，我肯定会不知所措。

"死磕"拼音

转眼我该上小学了，针织路小学（现在改名为呼家楼中心小学）离我家很近，也就几百米远。母亲原来在部队工作，部队离家很远，她每天早出晚归。考虑到我要上学了，需要更多照顾，她选择从部队转业，被安置到与我家只有一排平房之隔的一家社科单位做人事工作。我家住的房子是父亲单位分配的，家属区与办公区挨着,父亲上班同样很近。中午我们都能回家吃饭,午饭或由母亲简单做点,或由父亲从单位食堂买回。我们一家三口都在方圆不到一公里内工作、学习、生活,这种作息距离,要被现在上下班或上下学动辄在路上"堵"一两小时的人们羡慕死了。在某种程度上,这是社会发展、时代变迁的结果。我上小学那会儿,我家两公里之外就是一片片绿油油的菜地,能闻到农家肥的味道。如今,"菜地"已成为"黄金地段",车辆川流不息,人群摩肩接踵。

上小学头几天,我自我感觉良好。放学回家,母亲问我上学适不适应,我说没啥不适应的呀。回想起来,最初几天无非是老师让孩子们彼此认识,给同学们讲讲课堂纪律什么的。可好景不长,我很快遇到学汉语拼音这一"难关"。在课堂上,老师一个音一个音地教,同学们一遍又一遍地齐声读,我同样在大声地跟着读,倒也像模像样。可一回到家,我就不会读了,仿佛没学过似的。虽然我知道每个音都有一声、二声、三声、四声,但究竟该怎么读,总是记不住,我在课堂上跟着读恐怕是"滥竽充数"。不得已,每天晚上,母亲都得重新教我汉语拼音,与我反复"掰扯"。母亲教我一遍,我跟着读一遍,但过一会儿再让我自己读,我又不会了。母亲见总教不会,心里着急便对我嚷嚷。我学不会心里也急,忍不住哭。母亲纳闷我怎么那么笨,她总念叨着:"才上小学一年级学习就这么费劲,你以后怎么办?"我也觉得自己弱爆了,听说以后学习会越来越难,不满7岁的我真的感觉压力山大。

那段时间,家里每晚都因为我的学习闹得"鸡飞狗跳"。父亲在一旁看着,劝说母亲不要着急,对我说慢慢来认真学。母亲正在跟我犯急,回嘴道:"怎么能不急?"父亲没学过汉语拼音,帮不上忙,眼见越说越拱母亲的火,他觉得惹不起躲得起,于是溜到办公室去。我只能眼泪汪汪地和母亲继续"死磕"汉语拼音。或许是勤能补拙,每次经过头一天晚上的"死磕",到第二天早上母亲"复查"时,我总算能记住个八九不离十。在一年级的整个上半学期,我就是这样一天天"熬"过来的。一年级上半学期期末考试,很多同学的语文和数学得了"双百",我则是语文考了98分、数学考了100分,还算说得过去。

"问题学生"

在语文老师眼中,我算是学习成绩中等。在数学老师那里,我却沦为"问题学生"。看到这里,你可能会纳闷——我的数学不是得了100分吗,怎么会成了"问题学生"?不得不说,老师对学生还有个"印象分"。

事情是这样的,有一回我做错了一道数学题,数学老师把我叫到讲台那里给我指错。当时,我不好意思看老师,但没有低头认错,而是鬼使神差地转头,将目光投向窗外。看到我这样,数学老师一下就误会了,她当时就翻了脸,说我"梗脖子"不服管教。我立刻就吓傻了,小孩子哪里会辩解?小孩子的辩解,老师也不会听。后面的事你能想象——老师要找家长。我红着脸回到家,怯生生地对父亲说老师要找他,是什么原因,我含糊其词。父亲是否看出一些端倪,我不清楚。他第二天去学校找老师"报到",老师向父亲"告状",给我安上了"梗脖子"这一"罪名"。父亲后来说,他知道我的禀性,晓得我不是个顽劣的孩子。面对老师的"声讨",他一方面替我说好话,说可能不是老师想的那样,另一方面请老师"大人不计小孩过",他回家会好好管教我。回家后,父亲没有责骂我,而是问我事情的原委,我乖乖交代,把自己的真实想法说了出来。父亲听罢,确信他之前想得没错,和我说以后听老师讲话,一定不能看窗外,要看着老师,其他的话并没有多说。一旁的母亲附和着父亲,也叮嘱了我几句。我本来以为可能会挨揍,在学校一整天都惴惴不安,没想到父母通情达理,这么轻易就"放过"了我,我真是如释重负啊。

这是唯一一次我被老师找家长的经历。现在的我不好评价那位老师，但我很庆幸父母"善解儿意"。父母这次看起来轻描淡写的嘱咐，反而对我有深刻的教育效果。我知道父母没有误解我，他们相信我，这让我感到很温暖，我更信任他们。我明白了自己是在肢体语言上不正确，以后不这么做就是了。由于没有"蒙冤"挨揍或挨罚，我没有产生逆反心理与厌学情绪。我此后没有再"顶撞"那位老师，那位老师也没再为难我。

由于一年级时我的学习成绩不突出，加上老师可能对我有成见，我既没在一年级上半学期获得第一批加入"童花团"的资格（童花团是在加入少先队之前的一个学生组织），又没能在一年级下半学期获得第一批加入少先队的资格。我只是在一年级下半学期成了第二批加入"童花团"的学生。看着一些同班同学戴上了红领巾，我只戴着"童花团员"徽章，我感觉比人家矮半头似的。

时来运转

二年级时，我时来运转。"转运"的一个契机是换了新的女老师——新任班主任张老师，20岁出头，刚参加工作没两年，人长得瘦瘦的，眉清目秀，穿着一双当时很流行的、上面有小蝴蝶结的黑色高跟鞋，走起路来嘎嘎响，用现在的话来说，挺有淑女范儿。张老师既教语文，又教数学，可谓"双肩挑"。张老师虽然年轻，教学能力却不稚嫩，在她的教授下，我的学习成绩进步很快。当然，这也可能与我开始摸到学习的门道有关。新建立的师生关系，使我有了新开始，有机会给新老师留下好印象。

我最先崭露头角的方面是数学。那时候，老师每天布置的家庭作业中有一项是，在规定的时间内做100道口算题。每天晚饭后，母亲给我计时，我都能在规定时间内做完题，准确率也很高。为了测验学生成绩，也为了调动学生学习的积极性，学校每个月会进行一次口算比赛。比赛当天，年级各班会发统一的口算题卷子，学校通过广播宣布开始与结束，最后统计出成绩最好的学生。很少有同学能够全部答完并答对，我却在一个学期的四次口算比赛中荣获"四连胜"。而且，我是我们班唯一取得这一成绩的学生，全年级中像我这样的也屈指可数。我在学校里获得了荣誉，学习的劲头越来越高，自信心也越来越强。我也给班里争了光，张老师自然对我另眼相看。

·小乌龟带来的灵感

我在语文方面也有进步。小学生通常怕写作文，很多孩子不知道写什么,也不知道怎么写,要么是生编硬造,要么是"模仿"范文,老师规定每篇作文不少于多少字,常常要靠"凑"。有一回学校组织作文比赛,这件事提前几天就通知了,我就开始绞尽脑汁想该写什么。作文题目没有特别要求,有的同学想写爸爸妈妈,有的想写春游与秋游。我觉得那些题目都挺老套,在以往的作文作业中我也写过。我想能不能写点新东西,老师总说"有感而发",我对什么有"感"呢?想来想去,我想起来我养了一只小乌龟。

小乌龟是母亲去外地开会给我买回来的,它的胆子很小,一看到人接近,赶紧把脑袋、四肢、尾巴缩到龟壳里。它的眼睛很小却很亮,就算头缩到龟壳里,它的眼睛也在观察外面的动静,只要觉得安全了,就会偷偷把头从龟壳里伸出来,发现有人要碰它,它的脑袋又会立刻缩回去。母亲把小乌龟给我时,我非常兴奋,立刻拿上一个小盆,到附近的工地去给它找沙子做窝。工地的工人问我来干什么,我有点害怕,试着问我想给乌龟拿点沙子行不行,那个叔叔摆摆手就让我拿了。我端着小半盆沙子跑回家,用自来水把沙子淘洗了几遍,就把小乌龟放进装沙子的盆里。盆不大,但盆的高度刚好使小乌龟爬不出来。母亲说,卖龟的人讲喂小乌龟大米吃就可以。我就从米袋子里拿了一点大米,放在龟盆里。小乌龟一开始不敢露头,我躲到一边观察。不一会儿，小乌龟慢慢伸出脑袋，左顾右盼没看到人，就张开嘴吃起米来。看到它吃东西，我好开心。

喂的时间长了，小乌龟似乎也通了一点人性。如果它饿了，会在盆里来回爬，想方设法要"越狱"，伸长脖子，仰着脑袋，到处找食。它或许知道，只有折腾才能"引关注"，催我给它东西吃。这时候，给它一点大米，它也不怕我了，立刻狼吞虎咽吃起来。等它吃饱了，它又会把四肢、脑袋、尾巴缩回壳里，眯缝起眼睛，一副颐养天年的样子。乌龟吃完饭自然会"便便"，搞得盆里有点臭，我就得赶紧把乌龟盆端到水池旁，把小乌龟拿出来用水冲一冲，再把沙子用水淘洗一下，算是为它打扫"居室"。

小时候没有"宠物"这个词，但我也会带小乌龟出去玩。我家附近有个地方堆了一些工地没用完的建筑用沙子，我就带小乌龟去玩沙。邻居一个小朋友也养了一只小乌龟，他带他的龟和我一起去。我们在沙子上修"城堡"，把小乌龟放到"城堡"里爬，看哪只龟爬得快。我们还在沙土上挖小坑，把两只乌龟都摆在坑前面，看它俩谁会掉进"陷阱"。邻居小朋友的小乌龟傻乎乎地往前爬掉入"陷阱"，我的小乌龟聪明地扭头往回爬。看到我的小乌龟胜出，我高兴得跳起来，邻居小朋友不服气，居然将我的小乌龟推进坑里，我和他为此吵起来。不过，孩子之间的争执也就是一会儿的事,过后我们继续玩……

回过头再说写小乌龟作文的事。我那时写的东西不可能像上面叙述得这么仔细,但以孩子的水平与角度,还是写出了一些童心与童趣。所以,那篇作文被张老师打了高分,差点被推荐参加区里的作文比赛——我们班还有另一个孩子的作文写得也很好,我的作文和那个孩子的作文一起被拿到年级教研组PK,最后我那篇落选了。这并未影响我的情绪,作文能得到张老师的肯定,我就很开心了,写我的小乌龟,我也乐在其中。

晋升"两道杠"

不得不说,只有学习成绩好,才能在学校"进步"。二年级第一学期,我不出意外地加入了少先队,然后当上小组长,后来一两年又"升任"小队长、中队委员。我当上"两道杠"有些戏剧性。那段时间,我在学校表现良好,在同学里的人缘也还行,常受老师表扬。与此同时,我们班原来那名当"旗手"的中队委员,学习成绩有点下滑,因为上课不认真听讲、和同学偷偷说话,挨了老师几次批评。有一天马上要放学,那名同学又迫不及待地要"撒欢",老师觉得他破坏课堂纪律,当场"震怒"并发话,撤销他的中队委员,让我"接任",他降为小队长。

等于是我和他"换位"了。当时,所有同学鸦雀无声,都被老师发火吓住了。我心里挺复杂,我也怕老师发火,没承想自己会卷入这场"人事变动",但我显然"升"了,很意外。面对那个"降职"的同学,我有点尴尬,我俩平时关系挺好,我想那个同学心里肯定不服气。不过,这是老师决定的,我俩也没说什么。

我不知道现在的小学是怎样的情况,但那时的小孩都怕老师,老师的话就像"圣旨"。如果能碰上好老师,你又是老师眼里的好学生,那要恭喜你。倘若碰上"一般般"的老师,你又被老师视作"问题娃",结果很难说。我接触过的老师不多,但回想起来,面对不同的老师,我的境遇和感受有不小的差异。我始终是我,但相对于一年级的我,后来的我在学习与"待遇"上,显然有很大不同。

欢乐北戴河

父亲单位曾有一个露天游泳池。每到夏天,这个游泳池都会成为单位职工与家属消暑纳凉的好去处。父母也喜欢游泳,所以我在5岁时就被他们带到游泳池"试水"。或许是因为男孩子天生胆大,从一开始我就不怕水,戴着游泳圈在池子里玩得很欢。见此状况,父母决定让我学游泳。我学游泳没报什么班,完全是父母教的。方法很简单,他们在浅水区相隔不远处站好,让我在他们两人之间的水里"扑腾"。就这样,我来来回回学"狗刨",能游的距离越来越远。虽然游泳姿势不那么标准,但只用了不到一周时间,我就学会了蛙泳。为此,父亲事先没有告诉我,给我买了一套有许多零部件、可以用小螺丝刀与小扳手进行组装的玩具,奖励我学游泳"勇气可嘉"。我从幼儿园回家后,收到这份意外礼物,高兴坏了。

1986年夏天,我随父母第一次去了北戴河,第一次见到了大海,第一次感受到了海水与游泳池里的水的不同——海水是咸而苦涩的,我在海里感受到的浮力远远大于游泳池。早就可以在游泳池里游几百米远的我,到了大海里更是"如鱼得水"。伴随着海浪的起伏和拍打,戏水的乐趣更强,由于海水浮力大,不需要任何划水动作,我就可以平躺在海面上。

我还第一次看见了海上日出。那天凌晨4点,我就被父母"拽"起床,那叫一个不情愿。在北戴河看日出的最佳地点是鸽子窝公园,离我们住的地方有几公里远。那时候,没有公交车,我们招待所住的一大群人每人都披着一条毛巾被,抵御凌晨的清凉,打着手电筒,睡眼惺忪却浩浩荡荡地朝鸽子窝公园步行进发。快5点到了鸽子窝公园,爬上一座不高的小山,山下便是平静得犹如一面巨大的黑镜子的大海。一会儿天边泛起鱼肚白，海平面尽头出现一丝霞光，人们开始兴奋起来。很快，红彤彤的、犹如鸭蛋黄的太阳缓缓地又毫不迟疑地浮出海面。开始它只是露出一道红边，进而露出更亮的半圆，最后整体跃出海面。父亲拿着照相机，让我赶紧摆姿势拍照。我学着旁边人的样子，用手"托"着太阳，这一瞬间被相片定格。长大后我才知道，1954年夏天毛泽东主席也曾在此极目远眺，构思并写下了名篇《浪淘沙·北戴河》。

惊险峨眉山

在我6岁的时候，父母带我回了一趟重庆老家，途经成都，父母带我爬了一次峨眉山。那次爬峨眉山的行程是，第一天先坐车到雷洞坪，然后步行12里上到金顶，从金顶下到洗象池住了一晚，第二天继续步行下山。

那时候的峨眉山景区还比较简陋，我记得第一天爬到山顶只有一块歪斜的刻有"金顶"二字的石碑。由于下着雨，我们在山顶上只看到雾蒙蒙一片，没见到壮丽景色，更别提什么"佛光"了。

峨眉山给我留下最深印象的是半路遇到的猴子，猴子成群结队地出没于人们上山下山的必经之路，像山大王一样显示出"要想从此过留下买路钱"的姿态。猴子当然不会真的要钱，而是管路人要食物吃。当地人提醒我们，最好不要单独通过猴群经常出没的路段，因为猴子可能会"抢劫"。如果一群人一起通过，情况就会好些，大家彼此有个照应。母亲听到后有些害怕，父亲说我们尽量跟着"大部队"走，我没啥想法，跟着父母走呗。

　　那时也没有如今游客摩肩接踵的景象，第二天下山步行时一路上的游人只是三三两两、稀疏而行。一开始，我们与一对小夫妻结伴，说好大家一起走，那位阿姨还给我一个大鸭梨，我咬了一口就把梨放在上衣兜里。后来，母亲因为走山路太久扭了脚疼得厉害，又不得不坚持走，我们的行进速度就慢了下来。那对小夫妻一开始还能等等我们，后来见我们速度太慢，我们也不好拖慢人家的行程，双方就分开了。大山深处，山路之上，就我们一家三口慢慢走着，变得有点瘆人。走着走着，我们发现几只猴子在路上"把守"。走近后，猴子果然管我们要吃的，父母赶紧翻出零食"孝敬"它们。一只挺壮的大猴子还围着我转，没比猴子高多少的我感觉害怕，禁不住往后退，我哪里知道猴子竟会"看上"我。父母想起来我的兜里有一个大梨，恍然大悟——猴子肯定是闻到了梨的香味儿，想对我"搜身"。见此情景，父亲举起挂在胸前的照相机，快门记录下猴子与我"近距离接触"的一幕,然后对我喊"快把梨扔给猴子",我赶紧照办。得到梨的猴子心满意足,我才化险为夷。

与其说这是一趟旅游,倒不如说更像一场拉练。没想到下山一走就是七八十里,母亲走得一瘸一拐,父亲牵着我,背上还背着满满的行囊,一路上我还要他讲故事,他的故事稍微停顿一会儿,我就会扬起头来问"后来呢"。天上还一直下着蒙蒙细雨。最后十几里,父亲怕我累坏了,因为一路上就没见第二个我这么大的小孩是自己走的,所以他就答应一个背山客背我。那位大叔是典型的南方农家人形象,个头儿不高却很精壮。他背起我后,用四川话说了一句:"咂,还不轻哟!"一溜小跑就把我背到山脚。

一天走几十里山路,说不累那是瞎话,但我能坚持下来,说明我那时身体还是相当棒的。

过了一把钢琴瘾

三年级的时候,我开始学钢琴。这倒不是父母发现我有音乐天赋,也不是他们对我寄予了当音乐人的厚望,而是那时候物资比较匮乏,许多东西要凭票购买,一个朋友恰好有"钢琴票",问父母要不要买一台。一台钢琴当时要三四千元,绝对属于"奢侈品"。父母商量之后还是决定买,一方面可能是为了给家里置办个"大件",另一方面也想培养一下我的音乐情操。

顺便说一下,二年级的时候,我很怕上学校的音乐课,我听不懂音乐老师讲的音调与音阶,其他同学也似懂非懂。由于音乐不是主课,不留课外作业,课后也没有再找音乐老师求教的机会,所以我对音调与音阶问题稀里糊涂。我比较心重,有一段时间很担心音乐考试不及格怎么办,会不会影响升学,会不会"留级"……想到这里就不敢再往下想了,这事像块大石头一样堵在我的心头,以至于晚上不时会做噩梦。我不敢和父母说,怕被批评没用心学习,父母不懂音乐,我觉得就算和他们说了,他们也没法给我补课。所以,听说家里要买钢琴,我要开始学琴,我心里比较复杂———一方面我知道这是在给我"加码",我有点畏难情绪;另一方面,我心想,学钢琴会不会"捎带"着解决我的"音乐课之患"?我既盼着家里赶紧买钢琴让我学,又唯恐以后学钢琴压力更大,这种矛盾心理很困扰我。

钢琴是一辆卡车拉来的,三四个叔叔还有父亲合力才搬得动,母亲一直在旁边说"小心点,别磕着"。好在我家住一楼,一帮人一鼓作气把它搬进屋并安放妥当。一切就绪后,我端详着这台钢琴,它是"星海牌"的,木质的外壳上刷着棕褐色的、锃亮的钢琴漆,白色的琴键表面听说是"赛璐珞"(我不知道赛璐珞是什么,后来才知道是当时的一种高分子材料)做成的。不得不承认,钢琴看起来"高大上",能不能"驾驭"它,我心里打鼓。

学琴要"拜师"。我的钢琴老师莫燕生于音乐世家,她的母亲是我国著名女高音歌唱家张权,父亲是同为音乐家的莫桂新。莫燕老师是在家里教学生,她家距离我家不远,我和母亲骑车前往即可。第一次登门求教,我的心里很忐忑。一方面是因为学生见老师没有不紧张的;另一方面,听说莫燕老师对学生很严格,她要先教两次,看看学生的悟性,再决定是否"收徒",这进一步增加了我的压力感。回想起来,莫燕老师个子挺高,人很白净,她不是骨感柔弱的女性,而属于丰腴干练那种类型。她教课是一对一的,即一个时段只教一个学生。授课时,她会给我弹奏示范,她讲的乐理知识,我觉得比较易懂。由于钢琴初级教程不难,我也不算笨,上了两次课后,她觉得"孺子可教",我也就正式"入门"了。

我每周都会和母亲去莫燕老师家学一次琴,她留作业让我练习,一周后我再去她家请其"验收",如此循环。学琴之后,五线谱于我不再是"天书",随着对乐谱符号、各大小调音阶及其升降音等乐理知识的学习和掌握,曾经压在我心头的学校"音乐课大患"完全消散。在许多同学一脸茫然的时候,我大大方方地举手回答学校音乐老师的提问。

坦白说,我练琴算不上刻苦,也就是每天晚饭后练1小时左右。父母不指望我"成名成家",只想让我有个小特长。我白天在学校上课,下午4点多放学回家先写作业,然后差不多就到晚饭时间,晚上9点多要上床睡觉,留给我练琴的时间不多。此外,练琴挺枯燥,我也想偷懒。有时候,我弹一会儿就犯困,就和母亲耍赖,母亲或好言相劝,或声色俱厉地批评,反正是"胡萝卜加大棒"督促我继续练琴。

莫燕老师常说:"一天不弹琴自己知道,两天不弹琴老师知道,三天不弹琴听众知道。"练琴这件事确实是你付出多少就收获多少,没有任何捷径可以走。由于我练习不够刻苦,弹奏时常磕磕绊绊,莫燕老师也会着急。有时候,她会把她的手放在我的手上,与我一起弹,让我感受弹奏应有的强弱力度与节奏。甚至,在我弹琴的同时,她干脆把她的手放在我的肩上,在我的肩上带着我"弹"。她的手指很有力,一曲下来,我的肩膀会被她"弹"得有些生疼。回想起来,这或许是莫燕老师加深我节奏感记忆的独特教学方式。

1992年,有"钢琴王子"之称的法国钢琴家理查德·克莱德曼来华演出。父亲花高价买了两张演奏会的票,带我去现场接受"熏陶",地点是在北京工人体育馆。父亲还带了一个小录音机，把现场演奏录了下来。这是我第一次现场接触高雅艺术，重在感受氛围吧。

老师说我长得像帕瓦罗蒂

莫燕老师总说我长得像帕瓦罗蒂。我那时候并不知道帕瓦罗蒂究竟是何许人也，我只是含糊地点头嘿嘿傻笑。我想这个姓帕的应该是个外国名人，想必是老师在夸我。后来，我在电视上偶然看到关于帕瓦罗蒂的新闻，才知道那家伙是个有副好嗓门的大胖子，才明白莫燕老师是根据我这个小胖墩的体形，把我和世界三大男高音之一的意大利著名歌唱家相提并论，这真是太抬举我了。

为了让学生感受给观众演奏时的压力，激发学生努力练习的动力，也为了让学生有相互切磋的机会，莫燕老师还定期组织"汇琴"。每次"汇琴"，她都会邀上几名学生与他们的家长参加，让学生逐一演奏几首自己的"代表作"，并抽签回答她提出的乐理知识问题，最后由老师分别打分。每次准备"汇琴"，我感觉都像要打一场"战役"，心情紧张就不用说了，练习也会更刻苦。毕竟，我可不想在别人面前丢人现眼。弹得好与不好，在座的都听得明明白白。一曲结束，大家是礼貌地鼓下掌，还是由衷地赞美,你能感受得出来。莫燕老师对我和母亲谈过钢琴考级的事,但我才学了一年多,还没有将钢琴考级提上日程。

莫燕老师与她的母亲住在一起,所以我有幸见过两次张权奶奶。印象中,张权奶奶个头不高,说话声音不大,见我时笑盈盈的,就是一位慈祥的老奶奶模样。长大后,我读了一篇关于张权人生经历的文章,才知道张权作为我国著名女高音歌唱家曾经有那么高的艺术成就,是受周恩来总理邀请、在新中国成立初期冲破层层险阻回到祖国的宝贵人才,后来张权经历了跌宕的人生起伏,张权的丈夫、莫燕老师的父亲莫桂新被"下放"时英年早逝……

我最后一次看到莫燕老师是在电视上。那是1993年夏天,那时我已经生了重病,不要说学钢琴,学业也彻底停止,整天被父母带着上医院看病。那是《北京新闻》里的一条消息,歌唱家张权因病逝世。这还不算,张权的家,也是莫燕老师的家同时被盗,张权的学生以及亲属为她筹集的丧葬费被小偷偷走。我看到,镜头前的莫燕老师神色黯然。虽然当时的我只有不到13岁,但我由衷地感到悲伤和愤慨。我家的电视机是彩色的,但在那一刻,我感觉画面仿佛被蒙上了一层灰色……

·生命是劫后重生的奇迹·

参加军乐团

　　我还参加过一段时间学校组织的"军乐团"。学校刚成立"军乐团"时，我和父母并不积极。因为，我已经在学钢琴，学校"军乐团"由木管乐器、铜管乐器、打击乐器组成，没有钢琴。要参加学校"军乐团"，我得重新学一种乐器。但后来出现了新情况，我们学校这个小学生"军乐团"在全区是独一份，有传闻说"军队团"可能会被重点中学"全盘接收"。听说这事后，我们班主任首先坐不住了。她觉得我们班一开始参加"军乐团"的孩子不多，要是"军乐团"的孩子真的全部"直升"重点，我们班的"升重点率"肯定吃亏。班主任随即动员我们班包括我在内的几个已在学乐器的同学参加"军乐团"，她觉得我们学过乐器的孩子更容易"入门"。我回家把这事和父母说了，父母虽然怀疑传闻的靠谱性，但考虑到班主任已经动员我，还是决定让我参加。我学钢琴已负担不小，对参加学校"军乐团"并不情愿，但面对重点中学似在"招手"，只好硬着头皮去。

　　学校"军乐团"最初招生不易，但在折腾出点动静、有了"升重点"传闻后，开始"牛气"起来，对像我这样的"投机分子"，"军乐团"主管老师是持鄙视态度的。当时，各乐器组都不缺人，唯独打击乐组有两个孩子生病缺席，就让我和另一个同学去"顶岗"。我能感受到主管老师对我们"这种人"不待见，但我又能怎么办？在不爽与无奈中，我开始学习敲大鼓。

学敲大鼓与学钢琴完全是两码事，打击乐主要是掌握节奏，不能早敲也不能晚敲，不能快敲也不能慢敲，要严格按照鼓谱来敲。学了一阵之后，我倒是也能随着"军乐团"一起合练几首乐曲了。不过，由于我是后加入的，技能不熟练，在合练时没少被指挥老师"指指点点"。好在教打击乐的那位老师很和蔼、很有耐心，他没有歧视我。在主管老师不怀好意地问他，我是否够格，要不要"刷掉"时，他说"这孩子可以"，摆手拒绝了主管老师。这让我感到一些温暖。

过了一段时间，原来敲大鼓、因为生病缺席的那个孩子回来了，我和他不免开始竞争。较劲不是我和他有个人矛盾，实在是上场名额所限。人都有自尊心，无论是不让我上场，还是不让他上场，对孩子而言心里都不好受。我们都在练习，孰高孰低可能只在伯仲之间。由于主管老师对我印象不佳，我当"板凳队员"的时间多。对此，我难免失落，这种情绪在"军乐团"参加市里的比赛以及受邀参加一些活动时尤其明显。看着别人穿着整齐划一的"军乐团"队服上场，我坐在场下当"替补"，那滋味真不好受。后来，学校又买了一个大鼓，可以两个人同时敲,我才有了更多上场表演的机会。

打击乐老师也让我练习打小鼓。小鼓的节奏更快,"花式"更多,使我对爵士鼓乃至爵士乐有了最初的印象。打击乐老师这么教,其实是为我今后练习打架子鼓做准备,学校此后也买了架子鼓。不过,后来我生了重病休学,一次架子鼓也没有练过。最终,我们学校的那届"军乐团"并不像传说中那样"整体升重点",只有极个别演奏非常优秀的孩子被重点中学招录,"平凡的大多数"并未摆脱我们那时候惯常的小升初考试。

童年的时光多美好啊,而且有美好的憧憬,可惜太短暂……

附：

陪儿子练钢琴

母亲 马桂芝

儿子每周一次学琴，我每周按固定的时间带着儿子去莫老师家里，当时跟着莫燕学琴的有几个孩子，每个孩子的学琴时间都是按照顺序排好的，一个孩子一小时。按照老师的要求，我们买来了五线谱的钢琴谱，从指法开始学起，然后就是简单的曲谱，每次学完，老师都要留作业，有指法的练习，也有曲谱的练习。儿子当时对学琴虽然谈不上是否喜欢，但还是按照老师的要求尽量去做，每次都乖乖地去老师家，风雨无阻。每次学琴回来，我就督促他完成老师的作业，督促他练习指法。我虽喜欢唱歌，但对五线谱却是一窍不通，为了陪儿子练习，我也学了五线谱，每个音符都得一条线一个间地去数。开始练琴时是比较枯燥的，弹过来弹过去就是简单的几个调，后来他慢慢地能弹一些曲子了，比如《小步舞曲》，才觉得有点意思。

儿子学琴不到两年，我们没指望他能弹成什么样，也没想着去考几级。那时我记得最清楚的是莫老师总是批评儿子弹琴时坐得背不直,每次都要矫正他的坐姿,哪里想到他当时已经脊柱侧弯,并且隐藏着更凶险的病情。

如今,20多年过去了,那架钢琴还静静地立在我家的客厅里。我曾经一度想把它卖了,可儿子不同意,大概是想保留童年的一段念想、保留一段琴童的有苦也有乐的学琴时光吧。

第二章

病魔来袭

10岁少年，意外出现脊柱侧弯。经按摩，穿"铁背心"，又出现脖子疼痛，头抬不起，再发展到双臂也疼痛。虽经多次X光拍片检查，都没发现病因，直到核磁共振检查，终于查出元凶。走遍北京的大医院均因病情严重，无法手术；直到四肢瘫痪、呼吸困难，命在旦夕，最后得知上海华山医院可以收治。经三次大手术，才死里逃生。前后历经四五年的痛苦折磨、煎熬，非文字可尽述。

/生命是劫后重生的奇迹/

发现脊柱侧弯

1990年,重庆的三叔到北京来进修,有半年时间住在我家。三叔是中医大夫,研究经络针灸的他,对人体骨骼很熟悉。我和他一起去澡堂子洗澡(那时候家庭热水器还未普及,大家洗澡还得去公共澡堂),他发现我弯腰时,背部微微有些一侧高一侧低。当医生的敏感性让他觉得不对劲,就把这事告诉了父亲,让父亲带我去医院拍X光检查一下。

一查不要紧,骨科医生告诉父亲,我的脊柱侧弯了。简单说,就是骨骼发育畸形,据说在青少年中发病率不算低。医生眼中的发病率不低,恐怕是就"大数据"而言。但对多数人来说,哪听说过这种病。在我的同学中,在我的学校里,没见过有得这种病的。是什么原因导致脊柱侧弯,骨科医生也说不清。如果不治疗,我的脊柱侧弯会继续发展,严重的会造成驼背罗锅。好端端的我,突然被医生宣布搞不好会成罗锅,给我和父母当头一棒。

治疗方案有两种。一是手术矫正,具体是在我的后背上动刀,在脊柱上"绑"一根"记忆金属"。顾名思义,记忆金属就是具有记忆性的金属,它会记住"直"的状态,在植入我的体内时,会根据我的脊柱的侧弯角度被"弯"成需要的形态。手术后随着时间推移,记忆金属会恢复直的状态,同时将"绑"在记忆金属上的脊柱一并拉直。一年半载后,还要再开一次刀,将记忆金属从体内取出来。手术的好处是,从根本上对脊柱进行牵引。弊端也很明显,手术风险大,有瘫痪的可能。就算一切顺利,我也要在床上躺几个月并且休学。风险如此大,不禁惊出我和父母一身冷汗。我还得休学,整个生活将被打乱。对于这步险棋,父母自然不敢轻易下。

"铁背心"治疗仪

再有就是保守治疗。保守治疗有几种方式,都是对弯曲的脊柱进行外部牵引。一种是穿"铁背心"。"铁背心"就是一个外部支架,穿上后会对我的上半身进行固定,逐渐矫正脊柱。此外,有种脊柱侧弯治疗仪,将治疗仪的电极贴片贴在我的身体侧面的特定位置,通过电极贴片刺激肌肉,让肌肉活动牵引脊柱。还有就是练单杠,通过垂直吊立,将脊柱吊直。当中医的三叔还提出,可以给我按摩进一步矫正牵引。保守治疗的好处是没什么风险,缺点是外部牵引是间接的,不像手术那么直接,效果不好说。但骨科医生也说了,只要我的脊柱侧弯程度维持现状,不再继续发展,等我成年、骨骼硬化后,不会对我的外形以及身体有太大妨碍。经过一番慎重商量,父母还是为我选择保守治疗。

保守治疗没风险不等于不受罪。首先,穿上"铁背心"会把我"箍"起来,非常不舒服,还限制了我活动时的灵活性。所以,我在学校做课间操、上体育课的时候,得脱下"铁背心",运动完再穿上。夏天穿"铁背心"更是受罪,本来就热得冒汗,套个铁箍被禁锢,我更像是被"上刑"。每天回家第一件事,我都会负气地将"铁背心"甩在床上,好好伸展一下筋骨,用电风扇吹吹我那被勒出印记、被汗水捂得潮红的身体。转天,还得接茬穿"铁背心",继续被"套"。如果说穿"铁背心"让我在白天接受"禁锢刑"的话,晚上睡觉时使用脊柱侧弯治疗仪则让我经受轻微的"电击刑"。治疗仪的电极与我的皮肤之间会涂导电胶,黏黏糊糊的导电胶令我不舒服,电极刺激肌肉时还带来持续的刺痛感,令我没办法踏实睡觉。更令我难以忍受的是,电极与导电胶持续刺激皮肤,令我的皮肤过敏、溃烂、疼痛、瘙痒。这种情况下继续用治疗仪,其痛苦程度难以言表。见我忍受不了,父亲不得不让我的皮肤"养养伤",暂停使用治疗仪。好不容易皮肤溃烂长好,继续用治疗仪,没用两次皮肤情况又恶化。最后,我强烈拒绝再用,父亲既拗不过我又心疼我,那台花费不菲的治疗仪最终被打入"冷宫"。

  为了让我练习单杠,父亲在我家后院支了一个小单杠,我每天晚上都要去"吊"半小时。以不到 10 岁的我的臂力,练习不了引体向上。我"吊"单杠就是双手抓住单杠,在单杠上前后甩身体,尽可能保持多"吊"一会儿,松手落地后,喘口气再继续。练单杠将我的双手磨出老茧,有时茧子还会被磨破流血,胳膊练得酸疼就不用说了。我也想偷懒,但一想到罗锅的后果,再面对父母焦虑的眼神、督促的话语,我只能咬牙坚持。为了能在家里给我按摩,父亲不仅向三叔学习按摩手法,还带我去一家部队医院,向一位按摩医生求教。每天晚上,父亲都会为我按摩后背。多少个夜晚,我都是在父亲的按摩中进入梦乡。多管齐下,共同作用,一年后我去复查,结果表明我的脊柱侧弯情况减轻。受罪、流汗,付出有了回报,我和父母真是欢欣鼓舞。

隐藏的元凶

然而,好景不长,又过了一段时间再次复查显示,我的脊柱侧弯情况又加重了。究其原因,随着我生长发育,"铁背心"不像最初那么合体。虽然我还是天天穿,但矫正效果大不如前。再者,脊柱侧弯治疗仪彻底停用,又少了一个牵引途径。父亲给我按摩一直没有间断,但手法终归不够专业,他也不敢用大力掰我,在矫正效果上难免打折。至于"吊"单杠,我承认自己有惰性,但也"分身乏术"。白天要上学,晚上就那么点时间,我要做学校作业、练单杠、练钢琴、练敲鼓。这一堆"活"孰轻孰重,如何取舍,时间该怎么分配?我没有做到面面俱到,没能在它们之间平衡好心与力。

那时我已上五年级,功课更难,作业更多,我在学习上没偷懒,成绩还不错,是唯一问心无愧的。在练单杠与练钢琴上,时间与用心明显捉襟见肘。至于学校"军乐团"的事,我也有点"混"的意思。理解了这些,你就会明白,我为什么不时会被钢琴老师批评弹得不好,脊柱侧弯程度何以反弹,在学校"军乐团"敲鼓为啥表现平平。你可能注意到,我没有提及玩耍。不妨想象一下,完成上述一系列事情尚且吃力,我还有多少玩的时间？

脊柱侧弯加重对我而言，是再糟糕不过的事，它使我和父母曾经的矫正努力付之东流。当我和父亲在医院看到结果后，他立刻就对我发火了，埋怨我不努力矫治，回家的路上他一直沉默不语。我的病况加重，心里还感觉内疚，仿佛亏欠了父母，那种感觉糟透了，那种懊恼无法言表。小时候的我的心智与总结能力与当下的我没有可比性，"分身乏术"是现在的我根据回忆归纳出来的。那时候的我虽甚感委屈，却不知如何为自己辩解。何况，辩解仅仅是辩解，于事无补。

从发现脊柱侧弯起，我就懵懂地意识到自己与其他同龄的孩子不同了。我的心里蕴藏着深深的惶恐，它产生于对未来病况发展的不可预知，它发源于对脊柱侧弯手术以及医生口中最不利情况——瘫痪的惧怕，它源于学业、练琴等"我的本职"很可能被影响，它基于对"今后我该怎么办"的无结果追问。不到10岁的我或许不知道"思考人生"这个词，但我忧心的内容确实已触及人生范畴。我知道自己有父母可以依赖和信赖，但我也知道他们不可能代替我穿"铁背心"、练单杠、做功课、练钢琴、接受手术……所以，我并不会感觉踏实与安心。相反，看到他们着急的眼神，面对他们督促的话语，想到他们花大价钱供我并陪我学钢琴，半夜起床为我摘去脊柱侧弯治疗仪、擦洗我身上残留的导电胶，我的心中还有自己不努力不行的压力。

回想起来，父母做的每件事都应了中国家长常说的那句"为了孩子好"。我被发现脊柱侧弯，最担心我的就是他们。他们不希望我的人生因为"半路杀出个程咬金"——脊柱侧弯被打乱。如果后来不是被查出还患有更严重且差点致命的脊髓内肿瘤，我兴许也能咬牙坚持干那一堆"活"，与我的同学们一起走过少年以及青春岁月，按部就班地上中学乃至大学，最终长大成人。谁的成长历程里没有艰难和困惑？我的同学肯定也有只有他们自己才能体会的难耐。

但是，世上没有如果。我小学五年级期末考试后经过当时极为昂贵的、只有个别医院才有的核磁共振检查查出脊髓内肿瘤，彻底改变了我的人生轨迹。很多时候，纵然我们不愿意接受，命运却从来不给我们讨价还价的余地。对我和父母而言，除了面对，还是面对。

"华山"一条路

一种极罕见的脊髓肿瘤，才是真正的元凶，脊柱侧弯不过是它的一种表象而已。在发现肿瘤后一年半的时间里它就将我置于四肢瘫痪、呼吸受迫、小命即将"玩完"的境地。当时，北京的大医院父母都带我去过，最权威的神经外科医生判了我"死刑"，他们告诉我的父母："把孩子带回家，能吃点好的就吃点吧。"

也许是冥冥中的注定，在我濒临绝境时，父亲从一位曾给"战斗英雄"麦贤得做过开颅手术的老专家那里得知，上海华山医院的神经外科很"牛"，他随即只身前往上海求医。当时，上海的大夫对父亲讲明"手术可以做，但效果不太好"。虽然没有任何保证，但能做手术已给我的父母点燃了一线希望。有亲朋曾善意提醒我的爸妈"可能人财两空"，但我的父亲说了一句很爷们儿，也是为人父者有担当的话——我们尽心，医生尽力，结果交给上苍。1994年初春，我们一家踏上前往上海的列车，开始了"华山一条路"的旅程……

回想1994年，社会上已经存在看病难、看病贵的现象。想住进华山医院并不容易，由于病床满员并排队，想住院得半年以后。幸亏，我舅舅曾在上海学医，他的同班同学恰好在华山医院"管事"，我才住进了离医院不远的一排临时搭建的"急救病房"，父亲才有机会和为我主刀的医生做了一次"恳谈"——这位医生亲眼见到我的严重病情后，担心手术失败而犹豫起来。我的父亲向医生坦言"死马当活马医"，任何后果他都能接受。

医患之间推心置腹，医生才最终答应为我做手术。

在等候手术的日子里，我的心情十分复杂。我知道我们大老远来到上海，我必须挨这一刀，但我又极度恐惧手术的到来。我看到有的病友手术成功，也看到有的病友手术失败。我还眼看着旁边病床上的一位爷爷一天天衰弱，直至没有了呼吸，心脏监护仪成了一条直线。他的老伴和儿女虽然已有心理准备，但那一刻真的到来时，仍禁不住失声痛哭。爷爷的家人们在哭泣一阵后，还得强忍悲伤，抽泣着做后面的事——他们给故去的爷爷穿上中山装（后来我知道那就是寿衣），把爷爷生前用的毛巾、剃须刀、老花镜等物品一一装进袋子里丢掉，最后一位大叔推来一辆平板车，用白色的袋子将那位爷爷包裹起来，家人们与大叔一起将爷爷抬上平板车，伴随着哭声老人被推走……这一幕对 13 岁的我的心灵震撼是无法言表的，这样的情景此后我又看到过数次。我知道这就是生离死别，这就是人生的终点，这不是电视剧里演的，这就是活生生的死亡。我不知道自己的结局会是怎样的，我没有问过父母我的手术到底会成功还是失败，我是在逃避，他们是在回避。我们都清楚，在结局没有到来之前，没有人能够预料以后。

手术前的那个夜晚，父亲只是淡淡地对我说，手术后我可能不能像别的孩子那般蹦蹦跳跳了，也许走路会有点瘸……

他没有真正告诉一只脚已踏入鬼门关的我，即将面临怎样的凶险，他的"善意谎言"是不希望让可能是生命中最后一晚的我再有更多恐惧。我是懵懂，但我不傻，我只是止不住地流泪。

一个细节我记得很清楚，身为外科医生的舅舅说，我的手术做的时间越长越好。面对我们的不解，舅舅解释道：我这种手术难度极高，肯定要做很长时间，时间越久说明主刀大夫越尽心竭力；如果进手术室没多久就被推出来，说明连大夫都放弃了。那一晚，我不知道自己是半梦还是半醒。

初进手术室　无功而返

当天一大早，我就被手术室来的推车接走。情景不像电视剧里演的那样还有亲人告别、叮咛嘱托。推车的人面无表情，不给病人和家属诉衷肠的时间。想来，人家天天干这个，推完病人还有别的事要忙。泪水已经流过，我倒是没有更激动。父母和舅舅止步于手术室外时，我们说没说话，已经记不清。

被推进手术室后，仰卧的我只能看到浅蓝色的手术室天花板，我想这一刻终于到了，大夫们要怎么"摆弄"我，我看到他们该不该说话，又该说什么？心理的复杂与胆怯交织在一起。

手术室里没什么人，我眼睛的余光瞥见有一个护士似乎在准备着什么，过了一会儿她就走了。又过了一会儿，一名男医生来了。我忍不住叫了他，因为我的脸痒痒，请他帮我挠挠（我四肢瘫痪，挠痒都不能完成）。他照做了，我告诉他痒痒的位置，还说往上点往下点，他挺有耐心，他戴着口罩，看不到他的表情。我向他说谢谢，他摆摆手也走了。

之后，手术室陷入了一片沉寂。时间一分一秒过去，我等啊等，过了好久都没有看到"手术团队"到来。我觉得应该有个团队吧，电视上都是那么演的。我不知道是怎么回事，自己动弹不得，也没有人和我说话，心里越来越发毛。那时的感觉已不是恐惧，而是变为困惑茫然。我大概等了两小时，最后来人居然把我直接推出了手术室！在手术室外等候的父母也不知道发生了什么，我见到他们再也忍不住，大哭起来。我想到舅舅说的那番话，难道医生真不给我做手术了吗？

将我送回"急救病房"后，父亲和舅舅赶紧去打听究竟是怎么回事。后来才搞明白，当天上午突然有一个因车祸重伤的人被送到医院抢救，原本负责我的麻醉医生上了那台手术，一直没下来。我的手术难度大、对麻醉要求高，主刀大夫不愿意临时换麻醉医生，于是取消了原定的手术，择期再做。由于这一突发状况，我有了"一进宫"的经历。虽然我和父母还有舅舅白紧张一场，但手术还会做，也不算坏消息。

然后又是等待，等着重新排手术。这样的等待实在是心灵的煎熬，它就像是最终要被"行刑"前的"缓刑"。每天就在病房里熬着，我动弹不了，只能看着病友们的悲欢离合，心中不得安宁。然而，着急也没有用，每天还得吃喝拉撒，过得度日如年。

几度鬼门关　生死徘徊

上述状况持续了一周，我才再度上"战场"。有了第一次的经验，我和父母似乎坦然了一些，没有再进行"术前谈话"。我又一次被推进手术室，这次是来真的了，有位医生拿着一个氧气面罩似的东西对我说："来，给你吸点氧。"随后，我就什么都不知道了……被全身麻醉的我无法想象在手术室外的父母是怎样的忐忑与无尽徘徊。

等我醒来，已经是晚上 10 点——手术从早上 8 点一直做到晚上 10 点。我是趴着做的手术，脸被硌在一个 U 形的铁架上，由于手术时间太长，我的脸两侧全被压烂，脸部浮肿变形。母亲说，看到从手术室中被推出来的我，她已经认不出来，那是夹杂着泪水的百感交集。

由于肿瘤从颈椎一直长至腰椎，布满了整个脊髓，切除太复杂太耗时，需要极大耐心与精力，所以主刀大夫术中临时决定，手术分两次进行，这一次只能做一半。这是此前我们没有想到的，但令我们狂喜的是，第一次的手术成功了！

术后第二天，我的右手手指就能活动了，那是我患病后第一次痛快地开心大哭。查房的一个年轻女大夫看到此情此景，也禁不住潸然泪下。但我们还没来得及高兴，严峻的情况就来了——术后我的身体状况异常危急，心跳一直在每分钟160次左右，同时高烧40摄氏度。那种感觉只能用地狱梦魇来形容，心脏剧烈跳动仿佛就要冲出胸口，医生们一度怕我过不了术后关。

更要命的是，由于呼吸功能弱，我使不上劲，咳不出痰，被憋得够呛。无奈之下，住院部的医生打算给我做气管切开术。做气管切开术本身就有危险，而且气管切开后，我就无法发声了——嗓子处会漏气。这还不是最严重的，为了帮我缓解呼吸紧张的问题，势必还要在气管切开处用上呼吸机。根据舅舅的经验，用上呼吸机的人很容易对它形成依赖，肺部功能很可能会进一步衰弱。刚出鬼门关，又进阎王庙，我的父母心情可想而知！

气管切开术同样要家属签字，父亲看着喘不上气、昏昏沉沉的我,面对又一次的"生死画押"和前途未卜,再也强撑不住,在我看不到的地方流下了眼泪,这是母亲后来告诉我的。听说我的状况危重,为我做手术的大夫赶到重症监护室,对父亲说:"孩子的手术都成功了,别因为一口痰憋住而……"一语惊醒梦中人也好,只有一条路可选也罢,父亲最终用颤抖的手签了字。我的气管随即被切开,堵在嗓子处的痰被吸走,并且戴上了呼吸机,暂时又逃过一劫。由于不能发声说话,我与父母的交流,只能用刚刚恢复一点功能的手,费力地拿着笔在纸上歪歪扭扭地写字。

在用了数天的呼吸机后,舅舅执意要将其撤掉,他太担心我依赖上那个家伙。对我而言,这又是一关!果然,撤掉呼吸机后,我的呼吸再度急促起来,再次喘不上气,情况变得再度紧张。不得不说,有的病人实在撑不住,会被再次接上呼吸机。如果是这样,病人就真的要靠机器维生了,基本就出不了医院了。当时,舅舅和父母只能鼓励我一定要挺住,一定要努力适应,要靠自己的肺呼吸。13岁的我可能不懂"求生欲"这个词,但我实实在在是靠着求生的本能去大口地、急促地呼吸。被高烧"烧糊"了的我仍隐约知道,只有这样,我才能回北京,才能回到我的家。

因为高烧外加喘不上气,我还一度拒绝吃东西,我没有力气,更没有精神咀嚼和下咽,仅靠输液维持,家里人都劝不动。最后,一名护士姐姐拿过饭碗要给我喂饭,并且厉色说道:"你再不吃饭,就给你插胃管!"面对护士姐姐的关心与呵斥,我实在不好意思又拗不过,方才"屈服",看着递到嘴边的一勺饭,我仿佛使尽了全身的力气去咀嚼和吞咽,然后是又一勺,再重复"竭尽全力"……这仅是吃一顿饭,等到下顿饭时,又要经历同样的艰难循环。

坦白说,我现在对于手术后一周左右的记忆只是片段式的,那是梦魇般地挣扎在生死边缘。所以,我知道为什么有"鬼门关"这个词,它是身体的煎熬和灵魂的炼狱。只有足够幸运,你才能死里逃生。反之,在劫难逃只能"认命"。在与呼吸这一普通人再轻松不过的动作"死磕"了数天后,我的自主呼吸终于平缓。我也艰难地闯过了术后感染关,高烧在药物控制以及冰块降温下,慢慢退去。

重重闯关,苍天开眼,经过一系列救护措施,在生死关徘徊了十几天后,我渐渐挺了过来。一个月后,我才从重症监护室转回普通病房。那时,我的右手和右臂的活动能力几乎复原,左手和左臂恢复相对差,但也有进步。当父母称赞主刀大夫医术高超时,大夫只是意味深长地说了一句:"还是小蒋运气好。"

回到普通病房的心情，和术前在普通病房的等待，是完全不同的。那不光是"我胡汉三又回来了"的胜利感，更是从鬼门关侥幸逃脱、上肢又可以活动的难言喜悦。为了能让我的刀口尽快愈合并恢复体能，妈妈顶着上海盛夏40摄氏度的高温往返于菜市场和"急救病房"旁的临时小厨房，每天变着花样地为我做滋补品。为了精心照料我，妈妈不仅学会了吸痰、导尿等"技术活"，而且在我的病床旁支上躺椅，日日夜夜陪护。

第一场战役胜利了，我和父母自然期待着第二次手术的消息。可等啊等，没有消息！这是怎么回事？

救命钱不够了 咋办

父亲一打听不要紧，又出了几个新情况。一是，父母此前预备的、交给医院的钱只够我做一次手术。换言之，住院押金所剩无几。二是，听说主刀大夫准备出国，外国人都邀请他去操刀。多少患病家庭难倒在一个"钱"字上，这还不算，大夫还不一定有时间等你凑钱呢！不仅如此，大夫好像还有另一个疑虑——第一次手术虽然成功了，但要是第二次不成功（失败概率仍然极高），岂不是好坏"相抵"？这真是多重的坏消息！

我的手术只做了从颈椎到胸椎这一半，还有胸椎到腰椎的另一半没做，难道要半途而废吗？

接下来，父亲做了两件事。首先，他写了一篇名为《华山一条路》的文章，描写医生为我成功手术、医院对我精心护理，为华山医院大大点赞，很快在上海《解放日报》上发表了。医院自然会看到这篇文章，对主刀医生为我继续手术也是一种激励。随后，父亲只身回北京筹集我的第二次手术费。如何筹钱，我当时并不知道。

在等待筹钱的日子里，我也感到了一些异样的目光。当时，我老吃母亲做的补品有些腻，索性让母亲给我买医院食堂的饭菜换换口味。这种变化被一些"势利眼"误解，觉得我家没钱给我吃好的了，在一旁窃窃私语。查房时，医生走过我的床位，则不怎么说话。我的情况稳定，我在等下次手术，医院在等钱到位，就是这么简单，又是那么微妙。

半个月后，父亲再度来到上海。当然，也筹来了钱。随即，我的第二次手术得以进行。这一次，麻醉医生不再临阵缺席，主刀医生的操刀施治继续保持精湛水准，我的生命体征平稳没"添乱"，又一次长达十几小时的手术再次获得成功！更令人振奋的是，我术后没有再出现危急状况。我只在重症监护室住了三天就转回普通病房，父母和我的兴奋溢于言表！至此，我的上肢基本恢复了原有功能，但下肢由于神经被压迫的时间太长，恢复得并不理想。即便如此，也已大大超出父母的预期。

放疗"拉锯战"硬扛

手术做完了，身体养得差不多了，似乎该出院了，医生又建议做放疗。新问题又来了——华山医院没有放疗设备。父亲回北京时打听过这事，北京的医院不愿接收做了手术、只来放疗的病人。究竟是先回北京再想办法，还是怎么办？这同样愁人。父亲不得不再度"攻关"，又历经了不少波折，还托了朋友帮忙，才将我送入上海华东医院做放疗。我本来都准备回北京了，又听说要做放疗，只能在上海转院，心中怎一个失落！大夫还说，如果在放疗过程中白血球数量降得太低，还得补养恢复，等白血球数量上来，才能继续。相应地，我们待在上海的时间会更久。我也看到一些身体不好的老人，放疗一次白血球就降到下限以下，甚至有折腾半年还没结束放疗的。为此，我的心情更是忐忑。

放疗开始了，真的很难受，恶心、呕吐、吃不下饭、脱发全来了，每次被"照射"后，我都感觉精神一下就"蔫"了。白血球在这边遭遇巨大伤亡，母亲就在那边赶紧为我补充"兵员"——她继续不辞辛劳地去菜场给我买甲鱼、鳝鱼、鸽子等食材炖汤。我虽然恶心厌食,却强迫自己吃下去。我知道,只有如此自己才能坚持下去。那一年的上海遭遇了台风,在狂风呼啸的夜晚,我听着窗外电闪雷鸣,在病床上睡不着觉,数着自己还有多少次"光"没有照,暗暗祈祷身子一定要撑住,我想快点回北京,回我的家……我的祈祷没有白费,父母的倾力苍天可鉴,在放疗与白血球的"拉锯战"中,我的身体扛住了,白血球数量一直保持在下限之上。两个月后,终于完成放疗。

从3月我们一家心怀悲壮与希望前往上海,到9月带着惨胜的喜悦返回北京,半年的生死洗礼,不堪回首。当我被抬上返回北京的火车,听到列车员一口"京腔",我的眼眶已被泪水充满……

两次大手术加上放疗,花了家里五六万元。这笔钱在当时对一个普通家庭而言,算得上"天文数字"。父亲多年后告诉我,这笔钱主要是靠他多年写稿、出书、编书攒的,母亲单位的同事们也捐助了5000余元,他还找一位朋友借了一部分。事后他所在的报社也救助了一些(这笔钱后来用在了1997年我第二次去上海做第三次手术上,做第三次手术并非因为复发,而是前两次手术的"交接处"可能没处理干净)。我不知道一向"文人脸薄"的父亲是怎么向朋友张口借钱的,事前他也没法预料单位会有救助,他更不知道医疗开销会不会是"无底洞"……但他独自默默地强撑着,没有和母亲讲筹钱之事,只是让母亲照顾好病中的我,他来"想办法"。

附：

四处求医　南北征战

父亲　蒋元明

发现儿子脊柱侧弯，弯曲度已经三四十度了，发展下去后果不堪设想。先准备手术，后改电击按摩。开始一年有点效果，转年又反复，而且病情加重。

脊柱侧弯治疗失效，对我们已经打击不小，接着儿子又出现脖子疼，疼得钻心，头也抬不起来。过几天好了，可过段时间又疼，如此反复，加上手臂也开始疼，晚上睡觉都困难了。去医院拍X光片子，医生说颈椎没问题，连儿童医院的专家看了都不知原因。这简直太邪门了，没有问题为什么总是疼？

妻子的弟弟是一名外科医生，他陪同带儿子去宣武医院就诊，在康复中心博爱医院做核磁共振检查，结果是：全脊髓肿瘤伴空洞，从颈椎到腰椎都有肿瘤。脊柱侧弯、脖子疼、手臂痛都是肿瘤造成的。这如同晴天一个霹雳，不查还好，一查竟然查出绝症！妻子几乎崩溃，哭得没了力气，只是不住地说，儿子怎么办？怎么办？

我和妻弟带着儿子来到一家神经外科研究所,所长曾担任天坛医院神经外科主任,顶级专家。我们先让儿子在外边坐着等候,不想让他知道得太多。老所长仔细看过核磁片子,面色凝重,说病情很严重,做手术是瘫痪,不做也是瘫痪,还不如让他多保持一段现状。随后,我又带着片子往协和等大医院跑,那些专家有说是肿瘤的,也有怀疑的,但主张手术的一个也没有。

我的一个在医药报工作的朋友刘海起,听我说起儿子的病情就埋怨我:"怎么不早说呀,我舅舅是解放军301医院神经外科主任,军内外神经外科著名专家,什么病没见过?"我精神一振,就直奔301医院,找到段国升教授。段国升已70多岁了,虽然退居二线,但还看门诊,还参加会诊。他认真看过核磁片子后说:"我年纪大了,做不了这样的手术了。"停了一会儿他说:"我的一个学生在青岛一所海军医院当神经外科主任,他对脊髓空洞很有研究,你们不妨去看看。"

于是,我和妻子带儿子去青岛,见到那位主任。他很热情,经过一番检查后他说:"要是我的老师能现场指导,我也许可以做手术。"我们无功而返。

我又找到我们报社一位跑医疗口的老记者,她门路广，关系多，给我推荐了北京一家部队医院的神经外科主任。我带着她的亲笔信找上门去，那位主任看了信和核磁片子后说："赶快让孩子来住院，我主刀。"

儿子住院后，我打听到要主刀的这位主任是从301医院出来的，于是抽空又去段国升教授那里一趟。段国升一听，来了这么一句："他敢做这样的手术？"我的心一下子又提起来，决心开始动摇。没几天，那位主任找我去，说他带我儿子的片子参加外面的专家会诊，专家们劝他放弃这个手术。

手术这条路算是堵死了。只好转向其他治疗，气功、神药（茶叶经"神医"发功后号称能治百病）、按摩等，只要听说哪里有治的方法我们都去。什么叫病急乱投医？人到无路可走的时候想不乱都不行。所有方法中，我觉得按摩还比较靠谱，实实在在的，看得见。按摩治疗了一年，越到后来，越没效果，希望越渺茫，最后转投中医。找的老中医据说是京城一大名医的后人，每次都是大方子，一次十几大包药。可怜儿子皱着眉头一碗一碗地喝药，效果哪敢期望，只是暂求一点安慰吧，总不能眼睁睁地光看着，那不是更痛苦吗？

不久，儿子脚不能走，手也不能动，还钻心地疼，常常疼得喊叫,夜里根本无法入睡,四肢瘫痪,呼吸困难,随时有可能一口痰咳不出来就要了命。

我又去了一趟天坛医院,因为那里的老主任说过瘫了可以手术的,也就是"死马当活马医"。可现在的主任却说手术已没有意义了,回去给孩子买点好吃的吧。可孩子现在哪里还能吃什么呀!

再次给医药报的朋友刘海起打电话。他一听急了,说:"你赶快再去找我舅舅,就说你是我最好的朋友。"无奈,我硬着头皮第三次登门拜见段国升教授。老教授倒没有烦的意思,沉默了一会儿,他说最近看到一篇稿子,讲上海华山医院治疗脊髓内肿瘤的成功率达80%,你们不妨去试试。段国升是一家神经外科医学杂志的主编。

华山医院不陌生,一年多前,妻子的弟弟就托人将儿子的核磁片子捎去华山医院请人看过,他的同学孙医生就在华山医院;孙医生也回过信,说是病情严重,治疗很困难,所以当时就没往下继续,而是重点跑北京。现在,只有"华山一条路"了。

我立即动身赶到上海华山医院找到孙医生,她带我见了神经外科副主任徐启武教授。徐教授看过片子,只说了一句:"手术可以做,但病情严重,效果不好。"我听到前半句心就快蹦出来：既然可以手术，那就是有救了！孙医生告诉我，手术需要一大笔钱，两三万元。这在当时是一笔巨款！

决定去上海做手术，妻子的弟弟表示陪我们去。我听了很感动，他是医生，又有同学在华山医院，有他同行，我心里踏实多了。

临行前，我将儿子的作业本、日记本、成绩单，以及他"留守"重庆老家时弟弟们写来的几十封信都收拢来，捆好，悄悄放到书柜上的顶柜里——万一不幸，以后也是个念想……

从冰雪未消到中秋满月，在上海的半年里，儿子在鬼门关打了几个转儿。其间，因为手术难度大，第一次只做了一半，这是事前没想到的。第二次手术迟迟没有进行，一打听，交的3万元押金已经用完，再次手术还得交三万。两次手术之后又去华东医院做放疗，加上我们夫妇的吃住和各种开销，我已变成穷光蛋了。但是，钱没有打水漂，换回一条生命！

当我们抬着儿子走进家门的时候，如同战场归来，虽然连伤带残，疲惫不堪，却有凯旋之意，心里充满了喜悦。

十万分之零点三

华夏时报记者　王青笠

上小学五年级的时候，蒋萌走路开始吃力了，渐渐地上楼梯腿都抬不起来，浑身上下疼痛难忍。极度的痛感让蒋萌连脖子都直不起来，只有弯着才觉得稍稍缓解一点，从那以后足有一年时间，蒋萌没办法躺在床上睡觉，晚上只能坐在一张躺椅上。就这样还得随时提防着，迷糊的时候一进入无意识状态，脑袋不由自主往下一沉，脖子钻心的疼痛立刻让蒋萌的睡意荡然无存，"那一年像炼狱一样"。到1993年年底，蒋萌不但完全不能走路，胳膊也动不了了，呼吸都变得非常困难。

检查的结果是脊髓里长了瘤，这种病的概率是十万分之零点三，可蒋萌偏偏就撞到了这零点三！

让人屏息的求医之路

女大学生　宋含露

　　蒋萌说，那几年，他的父母一直没有把他的病情原原本本地告诉他，他不知道自己得的是什么病，后果有多严重，虽然感到疼痛难忍，却没有害怕过，更没有感到死神的威胁。这些话听来让人辛酸，但在辛酸之余，我也替他庆幸，因为这至少让他减少了精神上的痛苦。蒋萌现在当然知道，这一部分的痛苦，都由他父母承受了。十二三岁的儿子被脊柱内的肿瘤压迫得夜夜失眠直至呼吸困难，父母却是爱莫能助，还不能让儿子从他们的神态中窥见其中的隐情，这是双重的折磨。蒋萌特别佩服他的父亲，他说那么多年来，他没有看到父亲掉过一滴眼泪。

　　听蒋萌述说那几年的求医之路，是让人屏息的。父母带着他，不知跑了多少医院，但手术难度特别大，没有医院愿意承接，都建议保守治疗。求医的失败使他们尝试做气功与按摩的治疗，却也无法抑制越来越不堪忍受的病情。他不能明确说出他父母当时的月收入,但清楚地记得,得病之前,他很想买一台游戏机,他的父母因为觉得太贵而没答应。然而,为了他的病,他们真是不惜倾其所有。仅仅对脊柱的一个部分做核磁共振,就得花去 1000 多元,而他脊柱的上、中、下三个部分都被做了三次核磁共振。1993 年天天打车接受气功按摩治疗,一年下来,光来回的车费,就花了 1 万多元。许多人劝他父母不要花钱治他的病了,以免"人财两空",他父母却做出了"责任的抉择",终于在一个偶然的机会获得有关上海华山医院神经外科专家徐启武教授的信息。

　　蒋萌特别感激他的父母,也特别感谢此后为他做了三次大手术的徐教授。当他说着这些的时候,我发现他的眼神有些迷茫,声音也渐渐低了下去。是的,倘若不是他父母的那份执着,倘若没有徐教授精湛的医术和全身心的投入,还有那句"医生尽力,父母尽心"的嘱托,我恐怕也不会坐在这里和他交谈了。

第三章

艰苦自学

逃出死神魔掌,又面临精神痛苦:下肢瘫痪,"困囚"斗室;远离学校,孤独寂寞;失去路标,前途茫茫,苦海无边。无奈中自寻出路,自学自救,挑战英语电脑,让苦学替代痛苦。

/生命是劫后重生的奇迹/

自学是治疗痛苦的良药

1994年,经历了两次每次长达十几小时的大手术后,我算是挣脱出死神的魔掌,捡回一条小命,但同时也落下了下肢瘫痪、左手不灵活、腰部使不上劲的严重后遗症。我丝毫没有"战胜"病魔的欣喜。相反,病魔让我付出了"伤敌一千,自损八百"的惨痛代价,我仿佛看到那个卑劣无耻的家伙在不远处放声淫笑,它看着我这个倒霉蛋的可怜相,反倒更像是胜利者。病魔不光侵蚀人的肉体,更重伤人的心灵,这才是它最大的可怕之处。

坦白地说,我不太喜欢听到"身残志坚""顽强拼搏"这类口号性的话语,哪怕它们是表现正面与积极。当然,我知道一些老师对我说这样的话是善意的夸奖。只是,我觉得这些话并不符合实际情况。我觉得,很少有遭大难者(不敢说完全没有)是因为一个刺激、一种激励,或是肾上腺素极度分泌,就立马精神面貌焕然一新，如打了鸡血般斗志昂扬，成为"斗士与勇者"。更真实的情况可能是，在被精神痛苦、寂寞、难耐、蹉跎反复蹂躏后欲死不能，欲生则必须学会将就和妥协，在不得不继续前行中，找寻力所能及的事尝试。这是一个逐渐"涅槃"的过程，是一个"向死而生"的过程。这个过程没有人愿意去经历，更没有人愿意去挑战。

在万般无奈下，在百无聊赖中，想着自己必须学点什么，以填补空虚的内心，让时间的流逝不再显得那么漫长，才想到自学英语。选择学英语是因为，我知道自己有一点基础，我上小学就开始学英语。先是受教于发小晶晶、乐乐的母亲，阿姨们自己做音标与单词卡片，带我们几个孩子一起读，还教一些简单的语法。后来学校招来一名年轻的英语老师，正式开设英语课。我觉得，学英语对于那时多数时间仍卧床的我看上去可行。我知道学英语是个"大工程"，我不清楚自己能学到何种程度，能不能学好，会不会半途而废，我只是想试试看，我其实挺心虚。

学英语得有教材，我咨询了发小晶晶的妈妈（阿姨是英语老师），她说学人教版的初中教材就行。所以，我也是跟着"李雷和韩梅梅"学起来的。由于人教版的教材也是我的小学同学（那时他们已上初中）所学的，我对这套教材的内心"接受度"挺高。我觉得学这个似乎能与他们同步,这让我"无法上学的心灵"得到一丝安慰。人教版教材只在每年开学时才有卖的。为此,每年那个时间,母亲都要去新华书店给我买书、磁带、教参。由于有关材料到书店的时间或早或晚,母亲有时要跑好几趟。

初一的英语教材难度较浅,很多内容都是我学过的,所以自学初期进展很快。但随着内容越来越深,有些疑难点在教参中也没有答案。我在困惑之余,渐渐想明白了——如果教参里有所有答案,还要老师干什么?问题是,我上哪里找老师?我要为此请个家教吗?那时候我很自卑,不愿意见生人,更不愿意出门。一想到要找个不认识的人来家里教我,我在心理上是拒绝的。但这事还得解决,怎么办呢?

发小来家里看我时,我就抓住机会向他们讨教。他们都学过这些课程,我觉得他们应该都懂。我先后请教过乐乐、晶晶、佳佳,他们回答的水平存在差异,他们回答的方式不尽相同。其中,最容易被我理解的,是晶晶的回答。后来,"可持续"帮我答疑解惑的还是晶晶。晶晶主动在放假时来我家教我,开学后每周末也与我通一次电话帮我答疑。她还把她学过的英语书、记过的笔记、做过的习题卷子一并给我。晶晶的英语书已被她翻看得有些破烂,上面密密麻麻地记着她的学习心得与重要知识点,那些做过的卷子有被老师批改的钩叉,通过它们可以避免我落入"考题陷阱"。别看那些书破,别看那些卷子卷了边甚至发了黄,却蕴含着晶晶的学习心血与解题之钥,她把这些材料给我,是用心良苦,我"如获至宝"。

更多时候,我是独自在家闷头学习。我给自己定好计划表,读一单元课文用多久,背单词用多久,做习题用多久,练听写用多久……并且严格按照这个表执行,绝不偷懒耍滑。这是我自己的事,是我自己要学的,我没法瞎糊弄,那是糊弄我自己。那几年,我没给自己安排过休息日,基本是每周7天"连轴转"。我想赶紧补回自己因为无法上学所落下的课程,我想尽快追上发小们的英语水平。即便如此,只学英语这一门,我明白与他们的差距仍然很大。每每想到这一点,我只能继续给自己加鞭。我知道无论怎么学,我也不可能像他们一样去参加高考,去完成后面的求学与人生路程,想到这里我又会黯然。其实,我也不知道学到最后会是什么结果,自学英语甚至有些机械性重复劳动的味道。

不管怎么说,自学英语让我觉得有"正事"可做了。由于忙着学习,没工夫去萌生消极情绪了。能看懂的英文越来越多,似乎还有了一点成就感。成就感我是不敢和别人说的,的确,这真的算不上什么成就。虽然一些人夸我努力、英语好什么的,但我知道那都是鼓励而已,我不会当真。由于只学英语一门课,我的自学进度比学校教学要快。但受制于自学中遇到的障碍,速度也没快到离谱。我大约用了3年时间学完了初中与高中6年的英语课程。在我的发小参加高考的次日,我照着公布的考题偷偷做了一下当年的高考英语试卷,好像是考题部分错了几道,英语作文我没法自己打分,我自己觉得还凑合。

在高考的日子里痛哭

说到高考,是我当时的一大心结。在发小们参加高考的那个白天,我心神不宁,情绪再次低落到极点。我知道,如果不生病,我也将奔赴那个"战场"。虽然那个"战场"是几乎所有学生厌恶乃至痛恨的,但我感觉,如果不经历"战场"的洗礼,学生似乎就无法给自己那么多年的学习一个"证明"、一个交代。你越痛恨的东西越可能是你最在意的东西,人就是这么奇怪。我不是严格意义上的学生,那么我是什么呢?我知道自己早已脱离了正常的人生轨迹,但我的心中仍有不甘。尽管自学英语让我暂时忘却了这种苦楚,但这颗"炸弹"一直在那里,不曾消失,不曾改变。发小们参加高考,就像是点燃了这颗"炸弹"的导火索,导火索在我的心中燃烧了一整天。那天晚上,"炸弹"

终于爆发,我的情绪彻底失控,泪水止不住地流出眼眶,那一晚我彻夜无眠……

　　如果它是一颗"心理炸弹",不要妄图也无法将其拆除。我觉得,除非"心理炸弹"得以彻底引爆释放,将一切不切实际的幻想与心理哀怨炸个一干二净,否则它永远是个隐患。那次全然爆发后,我的高考与大学心结彻底解开,这事翻篇儿了、拜拜了、爱谁谁了。后来每当需要我填写学历时,我都会心平气和地填上"小学"二字。也有人建议我通过自学高考等途径读个学历。我感谢这些人的好意,但我已无志于此。我觉得,既然命运让我走一条不同寻常之路,我又何必非要"悖逆地循规蹈矩"?我就是我。如果社会对身体残缺的我有歧视,即便我拿到一个非全日制统招毕业的大学文凭,也无济于事。反过来说,如果社会或单位更看重个人能力,不拘一格降人才,"小学生"的我照样能获得"人生出彩的机会"。幸运的是,后来我确实找到了这样的机会,碰上了这样的单位,遇到了包容我的领导和同事。"上帝在关上一扇门的同时,也会为你打开一扇窗",这话在我身上应验了。当然,这是后话。

自修完中学到研究生英语课程

英语学到后期,主要是增加词汇量、提高听说能力。我背过英语四、六级单词,还背过 GRE 单词。但说老实话,与许多学英语的国人一样,由于缺乏听说环境,我的英语听说能力一直欠缺。那时候,我已经 20 岁出头了。面对正在国内读大学的发小们纷纷准备出国留学继续深造,我也要考虑自己的出路了。我知道自己的英语水平没法和专业院校的毕业生相比,我觉得即便考过英语四、六级,仅凭一个证也没法去应聘。我该何去何从,还要不要继续在学英语上下功夫、花时间,是个挺严肃的问题。

这期间,我也干过翻译的活。是谁推荐的,想不起来了,好像是个公司"外包"业务,说是翻译一篇东西给一篇的钱。我翻译了几篇东西发过去,对方没说翻译质量好坏,也没给酬劳,又给我东西要求翻译。我觉得不太对劲,致电询问细节,对方支支吾吾模棱两可,让我觉得不靠谱,这事也就作罢了,我也得到个教训。不是说要怀疑对方的诚意,也不是我不接受"试译"考核,但有些事还是得留个心眼,社会上确有"皮包公司",算计人的事并不鲜见,别傻了吧唧地被利用。

我开始意识到，靠英语翻译吃饭有很大难度，得考虑做点别的，寻找能够谋生的活计。

英语是不是"白学"了？显然不能这么说。从实用角度，我从20世纪90年代中期开始学习计算机，那时候电脑操作系统"汉化"还没有跟上，有许多英文的东西。即便是现在，操作系统的底层、系统崩溃后的出错信息，依然是英文的。考虑到我后来从事"码字"工作，天天与计算机打交道，而且我很喜欢攒电脑、鼓捣硬件，懂点英语的助益无须赘言。此外，我可以看英文的材料与网页，从更多角度与源头获取信息，这有助于拓宽思路、增加见识。我父亲分析我走上写作道路时，还给出了一种见解——他认为我通过学习英语，在英文与中文、中文与英文之间不断转换翻译，促进了我的文字表达能力的提升。这一点此前我没有想到，细琢磨是有道理的。而在精神层面，如果不学英语，我可能还会在思想痛苦中沉沦，沉沦的时间长短我无法确定，我能不能找到别的"突破口"也未可知。这是一种连锁反应，也是一种蝴蝶效应，没有人能够对没有发生的事做出准确推测。我只能说，学英语首先让我的情绪稳定下来，有事做是第一步，没有这第一步，没有这一方向，谈不上后续一系列步骤。从结果看，我迈出的这一步是不错的，我应该感到庆幸并知足。

电脑让我着迷

1991年，我上小学四年级的时候，在发小家里见到一个新奇的玩意。那个通体是乳白色的大家伙由好几部分组成。最上面是个"电视机"，它只能显示绿色的字符。在"电视机"下面，有一个铁箱子，上面有几个指示灯，还有一个大按钮，一按这个按钮，铁箱子里就会发出滴的一声，大家伙就"活"了。还有一个长条形的塑料板，上面有密密麻麻的小方块，小方块上印有英文字母，按下某个小方块，"电视机"上就会显示相应的字母……你或许已经猜到了，这是一台电脑。

在电脑更多还处于技术人员专用的时代，那个大家伙让11岁的我感觉很新奇。听发小说这东西很贵，我虽然心里痒痒的，却不敢去动它，怕把人家的宝贝弄坏了。发小的爸爸是搞技术的，他对我爸爸说，让孩子学习电脑，以后有用。但有什么用，我搞不明白。我还听发小说电脑可以玩电子游戏，这让玩过"任天堂红白机"与"魂斗罗"等游戏的我很兴奋。但是，我没在发小家的电脑上看到过游戏，电脑游戏对当时的我只是一个传说。

1993年，我家出现第一台电脑。那时候，刚开始流行作家用电脑"换笔"。我的父亲是写杂文的,有幸的是,单位给他配了一台电脑。那台电脑的箱子上贴着"386"标签,据说这电脑在当时很先进。我对怎么先进没有概念,但我发现它的"电视机"可以显示彩色。我心想,这家伙比"发小"家的那台要高级,我对技术进步有了最初的感受。

这台电脑到我家可谓"生不逢时"——正值我"闹病"最严重的时候,剧烈的神经痛使12岁的我彻夜无法入睡,由于中枢神经受到肿瘤压迫,行走对于我来说已经很困难,我的胳膊也抬不起来,手部发麻活动不灵活,拿筷子都成问题。那时候,我已经上不了学,父母整天带我跑医院看病,我最大的愿望是疼痛能轻一点,哪怕只是轻一点,让我可以不那么疼地睡一会儿。家里虽然冒出一个新奇宝贝,但我对它是"心有余而力不足"。很多时候,连想起它的心思都是奢侈的。父母为我的病操碎了心,对那台电脑同样无暇顾及。我对那台电脑的认识,停留在它里面有一个WPS文字处理软件,输入中文要学习五笔字型输入法,仅此而已。

1994年3月初,父母带我去上海治病,我经历了两次每次历时达12小时以上的大手术,然后又在上海转院做放疗,直到当年9月才回到北京。虽然我的小命算是保住了,但由于神经严重受损,落下了下肢瘫痪、左手不灵活的严重后遗症。我丝毫没有"战胜"疾病的喜悦,现实的行动障碍时时掣肘着我。同龄的小伙伴都已升入初中,我却再也无法回到学校,巨大的困惑与无望感一波又一波地向我袭来。处于青春期的我,生活的色彩只剩下灰色,尚未展开的人生翅膀,却已无情地被折断。我知道人生不可能像电子游戏那样重来,不知道自己今后该何去何从。

在我彷徨踌躇的时候,计算机技术却在快速发展。"多媒体电脑"这个新词不断出现在报纸和电视广告中,电脑CPU进入"奔腾"时代,加上光盘驱动器、声卡、解压卡等新科技,电脑不仅可以播放当时最先进的CD唱片与VCD影碟,而且安装的多媒体软件还有寓教于乐的功用。正值情绪消沉的我难免兴奋,因而跃跃欲试,父亲也看出了我的心思。1996年,在我手术花费巨大、家里经济状况还没有完全缓过来的情况下,父亲还是勒紧裤腰带,想方设法凑钱,请一位"专家"对我家的电脑进行了升级。也许在他看来,若能唤起儿子的一点求知热情,哪怕是改善一下我的消极情绪,他就愿意为之倾尽全力。

那时的我多数时间仍然卧床,为了方便我使用,父亲将电脑搬到我床头的小桌上。同时,父亲也要用这台电脑写文章。在我的印象里,有太多个黎明时刻,在我睡眼蒙眬之际,看到父亲坐在小板凳上,在我床头的电脑上聚精会神地打字写作。他说自己习惯在清晨写作，但我知道，这何尝不是因为他白天要上班，晚上回家要照顾我，唯一的"空闲"时间只有清晨。为了尽量不吵醒我，他总是轻手轻脚，连台灯都不开。窗外刚刚泛起的鱼肚白微弱地照射到他已有皱纹的脸庞上，他戴的眼镜上隐约反射出电脑显示器上的文字，这一幕深深地镌刻在我的脑海里……

从自攒电脑到涉足软件编程

电脑就在我的床头，我并未只是用它来玩，我自学了 DOS 命令、Windows 操作系统等基础的电脑操作。母亲单位的一位叔叔听说我自学电脑，送给我一本通俗易懂的 Windows 入门教材，另一位阿姨将她家的多媒体软件拿给我用，我还按期购买电脑类报刊，甚至跟着教学光盘学习如何攒电脑。虽然自学的过程挺枯燥，有时也有看不懂的地方，但我想着那些好心的叔叔与阿姨的鼓励，不时与发小在一起切磋，尽可能地"死磕"，我明白的东西越多，小成就感也越多。

2001 年，我第一次攒电脑是和发小一起完成的。我研究哪些配件组装在一起兼容性强，结合从报纸上获得的"行情价"，选出我认为最有性价比的组合，再由发小去中关村一件一件实地采购，最后我们一起拼装。我没有购买有品牌的电脑整机，而是选择自己组装，一方面是自己搭配灵活性更强、价格更低，另一方面是想自己动手体验一把 DIY 的乐趣。想法固然好，做时却出了岔子。我这台组装机在运行时，时不时就会死机。我换用了各种版本的操作系统与驱动程序，还将内存、硬盘、主板、电源等各种可能导致死机的硬件全换了个遍。我腿脚不便，去卖场换硬件的事全由发小跑腿，换到最后我都不好意思了。可是，问题依然没有解决，电脑还是会出现死机。

那段时间，我为此琢磨得头都大了，究竟是硬件问题，还是软件问题，还是我的运气问题？晚上做梦都在想这到底是怎么回事儿。难道，是我学艺不精，技术不行？可是，别人攒电脑不也是这么弄的吗？我还在想，攒电脑的钱是老爸亲手交给我的，是他写稿子、父母挣工资辛苦积攒而来的，如果我一直解决不了"死机难题"，是不是愧对他们的信任？虽然父母没给我施加任何压力，母亲甚至说"大不了用这钱练手"，但我知道这是为宽我心，我心中的郁闷与困惑无法言表。

或许是我折腾得太久了，老天爷都看不下去了，终于出现转机——我在不断重装软件时偶然发现，只要不装鼠标附带的驱动程序，只用 Windows 系统自带的鼠标驱动程序，电脑就再也不死机了！在"老鸟"看来，驱动程序冲突这个问题可能非常

"小儿科"，但对一个新手来说，用尽排除法，最终发现问题所在，解决了问题，那种兴奋与释然溢于言表，攒机终于成功。

虽然第一次的攒机经历可以用折磨甚至是煎熬来形容，但我没有"一朝被蛇咬，十年怕井绳"。相反，我对花花绿绿的电路板以及上面的电子元器件有种莫名的喜欢，我很享受将一件件全新未开封的电脑零件拆封，再一件件把它们组装起来的过程。正因如此，在后来的许多年里，我又帮亲友、自己甚至某单位陆续攒过或升级过多台电脑。在帮某单位攒机时，我还赚了点"辛苦费"。为此，我坐着轮椅去中关村采购电脑零配件，与商家讨价还价，还将有问题的配件拿去换，我不嫌麻烦，反而乐在其中。后来有了网购，采买与更换电脑配件更方便。虽然偶尔还是会碰到小问题，但我都能较快解决，再也没有遇到第一次攒机时那种"崩溃"。不过，我知道攒电脑技术含量不高，没法靠这个吃饭，这只是我的一个爱好而已。我喜欢技术性的东西，并为之着迷。

我还学过一段时间软件编程，看过关于C++、VC、VB、MFC的教材。坦白说，我学编程是有就业方面考虑的。虽然我当时十分困惑于今后自己能靠什么谋生，但我觉得多学一点东西总是不坏的，"东方不亮西方亮"，万一哪方面让我误打误撞上，不就成了？编程是个脑力活，适合我这种行动不便的人，所以我想试试。学了一段时间后,我发现编程不光需要很强的逻辑思维,也就是必须将软件运行中的每一环安排得井井有条;还要求数学要好,变量、常量、各种运算,不能出现丝毫差错。否则,算不通,程序就运行不下去。如果说程序的逻辑关系我还可以一点点梳理的话,数学问题让我这个"小学生"很是头大。我很快意识到,如果想学好编程,必须恶补数学。实话实说,我有点犯愁,还有点畏难。要不要暂停对编程的学习,先把数学基础打好?数学又要学到什么程度才"够用"?我心里没数。在我犹豫的那段时间,我遇到了人生中的重大转机,这个稍后再表。

一网知天下

2000年,我开始"触网"。那时候,电脑上网必须通过调制解调器与电话线,上网费和电话费要分别按小时收取,每小时要花近10元钱。如果上半天的网,几十块钱就没有了。正处于前途迷茫期、没有任何收入的我,不好意思花父母太多钱上网。所以,我一般只在周末上一会儿网。虽然当时的上网速度只有33.6K,显示一个复杂网页要等好一会儿,下载一首MP3音乐需要老半天,但随着网络这扇窗户的打开,我还是大开眼界——天南地北各种新闻映入眼帘，BBS留言板上"网虫们"侃得热火朝天，QQ等实时聊天工具让地球村中人与人之间的交流变得无缝隙，搜索引擎更能将你输入的关键词"一网打尽"。有了网络，我不用再被动地等报纸杂志出版新内容，而是可以主动去找我想了解的各种信息。对于人在家中坐想知天下事的我，没有比这更合适的了。

  回过头看自己与电脑及网络"相识、相知、相伴"的历程，我不禁感慨万千。毫不夸张地说，如果没有它们，就没有今天的我。年幼患罕见重病，虽然保住小命，却付出重残代价，可以说我是不幸的。但我生在了科技化、数字化的时代，我及时地接触到计算机与网络，并由此大大受益，从这一角度，我又是幸运的。能够较早地获得学习和使用计算机的机会，与父母的大力支持和家庭环境密不可分，我对此更是感恩。因为我知道，在欠发达地区还有很多孩子受家庭条件所限，连正常上学都困难，更别说学电脑。如果我生在相对贫困的家庭，结果会怎样？说这些不代表我具有优越感，只是想说明我感到"不幸之幸"。

  我讲述了几次电脑升级的经过，不意味着我花钱大手大脚、喜新厌旧，也不意味着父母溺爱我。之所以这么说是因为，那些升级分布于20世纪90年代初至今、跨度达20多年的岁月里。

在某种程度上，我家的电脑升级历程，是时代与科技进步的一个缩影，也是中国家庭生活水平一步步提升的微观映射。

相对于"技术达人"，我掌握的电脑知识或许微不足道。即便如此，可以自己解决电脑日常使用中出现的小故障，不必麻烦别人，还是令我很满足。通过第一次攒电脑的经历，我明白了自己做的事就要自己负责到底。解决问题的过程是难耐的，但不能因为怕麻烦"绕道走"。解决问题的过程，是反思自己的过程，也是学习与他人沟通的过程。比如，和商家打交道，要考虑对方如何"出牌"，自己该怎样维护权益。面对争执纠纷，有时需要据理力争，有时要折中妥协，有些问题能圆满解决，有些只有无奈接受。虽然要朝着好的方向去努力，但也要明白"人生不如意十之八九"。在学习编程的过程中，我发现了自身的知识瓶颈。小学都没有读完虽然不是我的错，但我要承担由此带来的后果。机缘巧合让我走上写作之路，有些短板却可能已没有机会弥补。我明白，学习不局限于读书与学技术，社会更是一所需要付出一生去念的大学。在社会上经历得越多，我明白的道理、懂得的事情才会越多。我要寻找更多学习与锻炼自己的机会。

附:

重新练习坐与走

华夏时报记者 王青笠

由于手术,蒋萌的脊椎少了一排椎骨,加上长时间躺着导致的肌肉无力,蒋萌一开始根本坐不住。家人在蒋萌左右各放一个枕头,他试着练习坐起来,一会儿工夫人一软就倒了下去。光一个简单的坐就练了半年。

为了让身体各部分的机能不萎缩,尽管蒋萌已经不能走路,可还得学习走。开始是两个人左右扶着艰难挪动,后来进步到可以一手拄拐杖一手扶着人,但自己双手拄拐行走却不是蒋萌的身体状态能够做到的了。

寻找通向未来之路

女大学生　宋含露

天天在家中待着,曾经渴望哪怕是片刻的闲暇,变成了难于打发的漫长岁月,连时针也似乎走得特别慢。同学们都在学校里上课,他没有玩伴,更没有玩的心情。此后,又眼睁睁地看着他儿时的伙伴有说有笑地升入中学,他感到深深的失落。他说,那时候,他才开始想到命运为什么如此不公,这种倒霉的病为什么偏偏就会落在自己身上?

十四五岁这个年龄段,对于一般的孩子而言,虽是一个情绪起伏躁动不安的青春叛逆期,却又总是在家庭、学校以及社会为他们铺设的轨道上滑行,无须过多地考虑自己的未来人生。蒋萌却多了一种本来在他这个年龄段还无须承受的心理负载,他不得不正视现实,不得不正视自己被这场可诅咒的疾病改变了的人生轨迹。大约在那时,他开始想到,他不能改变自己的命运,却应该去改变能够改变的一切。大约在那时,他已朦胧地意识到,需要走出一条适合于自己的通向未来的路,需要在这个世界中找到属于他自己的位置。

人在家中,心系学业。蒋萌说,在那几年中,每个学期初,就和别的家长一样,他妈妈都要赶到书店排队为他购买教参,这几乎已经成了他们家的一件大事。不同的是,别人的父母各科都要抢购一本,他的母亲则只买一本英语的教参。在一位善良的朋友的帮助下,他依照指定教材的进度,配合教参自学英语。一个一个地积累单词,一条一条地掌握语法,一篇一篇地背诵课文。

他还自学电脑编程,没有老师,全靠自己看书和源代码,由于缺乏数学方面的基础,学深了,常常觉得有些力不从心。

如此寒暑易节,一闪就是五六年,小蒋萌已是将近20岁的年轻人了。

在风雨中顽强生长

父亲　蒋元明

8000单词,全部语法,几十本教参,几部复读机,少年变青年——其中的千辛万苦,心血滴碎,除了儿子自己默默承受,我们也难以分担什么,只是在心里默默地祝福他!苦难,真是一所学校!萌萌这棵脆弱的树苗硬是在贫瘠的土坡上,在风吹雨打中顽强地生长……

几年的自学,英语翻译成汉语,汉语翻译成英语,儿子最后能熟练地翻译几千字的文章了。虽然当初学英语的目的并不是十分清楚,也并没有打算一定要搞翻译,但文字语言的练习却在不知不觉中进行,这为他后来从事写作、创作打下了基础。

/生命是劫后重生的奇迹/

第四章

网络突围

经过几年自学，自修完研究生英语课程，计算机操作与维护驾轻就熟，但还是被困"围城"，不知能在社会上干点什么。网评试水，一发而不可收，抓住机会，奋力突围，在战争中学习战争，在游泳中学会游泳，继而由网络向报纸刊物进军，从网评向杂文、散文扩展，开辟新天地，实现人生大转折。

/生命是劫后重生的奇迹/

黎明前的彷徨

眼看我的同学大学毕业后一个个走上工作岗位，有的还出国留学了，我和父母也开始盘算我能干点什么。开个公司？办个商店？父亲走访过小书店，与朋友商量过申请一个报亭，也想过让我去哪儿上班，但都因条件限制没弄成。

对我而言，不能接受别人在上学与工作的时候，我坐着轮椅出门"晒太阳"。每当想到这样的场景，我觉得那会使我看上去像个智力障碍者，成为被人指指点点、议论怜悯的对象，我不能允许这样的事发生。我宁可在家躲着，我宁愿整天自学看书，那至少使我觉得我是有事情做的，我不是"混吃等死"的。

越是看不到出路，心里越是彷徨。时间的车轮不会因为我的彷徨而停止，如何找到适合我干的事，到底能不能找到这样的事，我心里真的没有底。在外人看来，我这样的人没工作，甚至吃"低保",很正常。我嘴上不说,心里却想,我若认定自己是个"无用之人",还学那些东西做什么?我不能接受自己成为"无业游民",何况我哪里都"游"不了。我记得,父亲曾半开玩笑地对我说:"你要是能凭自己的本事挣1000块钱,我就佩服你。"我当时挺受刺激,只能暗下决心,无论多苦多难,我一定要找事做,要想办法养活自己。

"赛车"试水

2004年5月的一天,我偶然接到一个找我父亲的电话。打电话的人是上海的一位老报人邵传烈先生。他当时在东方网负责网络评论,他打电话是希望父亲给东方网写稿子。当时,父亲出差不在家,我这个"秘书"将邵先生的想法记下来,并致电在外地的父亲。父亲接了电话后有意无意地说了句"你也可以试着写写"。我说:"我行吗?"父亲说:"不就是写文章吗,写不好,还能写坏了吗?我是当编辑的,还可以替你把关嘛。"这些话深深地镌刻于我的脑海,这一时刻深深地影响了我随后的生活。

我的"处女作"——《F1需要"花瓶"吗?》于2004年5月24日第一次登上了东方网东方评论的舞台。眼看自己写的东西竟然真的登出来了,心中那种难以抑制的激动是无法言表的。这一写作的缘起,既有偶然因素,又是冥冥中的必然。这么说不是故弄玄虚,是我的切实感悟。

《F1需要"花瓶"吗?》是一篇类似观后感的东西,它的文字固然青涩,却是我有感而发的,也可以说是"撞在枪口上了"。因为我是世界一级方程式赛车的老观众,是迈克尔·舒马赫的"粉丝"。起初,我是通过香港的体育卫视观看转播,香港电视台请的解说人员比较专业,对我看赛车起到了不小的启蒙作用。后来国内电视台也开始转播F1赛事,但解说员的水平不太令我满意。尤其是一位对赛车一窍不通的女主持人,她不明白比赛的基本流程以及各车队的战术奥妙,要么不知道说什么,要么净说外行话,甚至表现出"为了说而说",却又说不到点子上的"卖弄"。

看到如此蹩脚的解说,我这个老观众感觉很不舒服。我不知道电视台为什么要找个外行的女主持人做专业的赛车解说,是要找个"花瓶"吗?有人或许觉得,香车与美女会搭调。但是,如果女性没有展现出自身优势的一面,反而凸显出劣势的一面,难道不会让观众倒胃口?把女性当"花瓶",置女性于尴尬境地,是否尊重女性?

我还想到,当时在央视做足球解说的黄健翔说过,他在韩日世界杯的赛场看到，南美的足球解说员都是六七十岁的老爷子，他们有几十年的"解说龄"。他们表现出的激情，对球队进球时发出的欢呼，在球队失利时的痛哭，令黄健翔很感叹。这些外国老爷子对黄健翔这样的年轻人能否解说好比赛表示怀疑。像他们这么大的年纪在中国早就回家抱孙子了，可在国外反而越老越吃香。"花瓶与老到"，其中的差异令我回味。

我只是把上述观后感写了出来，我没把它当成"高深的评论"来写。现在想来，观后感就是观点，在不知不觉中，我完成了第一篇评论，或者说是体育评论。这种入门对我较自然，兴趣所致，有感而发，促成了我的"处女作"。

"当头炮"打出去了，虽然得到编辑老师的肯定和一些网友的点赞，但作为信息汪洋中的一篇小文，它不可能就此"轰动"，它的作用更多是激荡了我的内心。我隐隐感觉到，写作有可能会成为我的一个活计。它犹如一缕曙光，微微地照亮了我阴霾久矣的生活。在小激动小兴奋之余，在琢磨下一篇该写什么的时候，我正在叩响并推开属于我的那一扇人生之门。坦白地说，我不认为自己是一个酷爱写作的人，上学时写作文凑字数的事儿我也干过。但是，写作就像一根救命稻草，在恰当的时间，以恰好的方式，被我恰巧撞上，我想我必须抓住它！

执着选题　熬夜写作

真正写起时事评论来，当然是不轻松的。首先要寻找选题，选题就是看新闻，而且是大量地阅读。在这一过程中，要捕捉各种新闻在脑海里擦出的火花，归纳自己对各种事情的看法。有了看法和想法，才有落笔成文的基础。有的想法是不成熟的，有的想法是凌乱的，这考验着我的知识储备、逻辑分析以及学习能力。

我着重从与自身年龄段接近的话题写起。比如《私拆孩子信件有说法》，由头是，《深圳经济特区实施〈中华人民共和国未成年人保护法〉办法》第十条规定："父母或者其他监护人应当尊重未成年人的隐私权和人格尊严，不得隐匿、拆阅或者废弃未成年人的信件，不得擅自查阅未成年人的日记。"我就此谈孩子同样有隐私，如果父母的教育方式简单粗暴，不给孩子应有的成长空间，处处监视管制孩子，要么导致孩子性格懦弱，产生交际障碍与心理缺陷；要么令孩子滋生逆反心理，甚至导致家庭裂痕。我觉得，父母应当尊重孩子，以积极的方式与孩子沟通，在教育孩子的同时，也要相信孩子有认识对与错的能力。培养孩子的是非观、构筑家庭的良好沟通氛围应从孩子幼年时做起，不要等到孩子心理与生理发育的敏感期再"补课"。刚从"孩子"阶段过来的我，对此确实有话说。

我也从与自身经历相关的话题入手。在《"手术前写索赔遗书"的是非联想》一文中，我写道："坚持公立医院公益性、扭转以药养医格局、强化医德建设、严打医疗腐败，是重树白衣天使形象与公信力的关键。医院终归是救死扶伤的地方，这一根本宗旨不能跑偏。"在另一篇名为《"新医改"大而化之？》的文章中，我提道："生老病死，老百姓拖不起，医改不容等。'甩包袱'式医改曾带来深刻教训，新医改不能再令百姓失望。"在《中国人为什么"不愿意"纳税？》中，我指出："一些国人纳税积极性不高，一个重要因素就在于纳税后的'受惠感'不明显。"

你看我说得头头是道，而在背后，我常常搜肠刮肚。有时候，为了找到一个合适的，或者说是我能谈得来的话题，我要在网络上看大半天的新闻。为了言之有物，条理清晰，我得进一步搜索和阅读相关资料，去"啃"比较专业的东西。为此，我时常挑灯夜战。时评注重时效性，新闻过时了就不好用了，我得抓紧时间，在有限的时间里，既要完成稿件，又要让稿子说得过去。我写完后，会把稿子交给当了大半辈子编辑的父亲，让他帮我把关。在写作的头一两年，每周7天，我天天写，有时候一天还不止写一篇。白天要上班，晚上协助我锻炼，只有利用早上早起的时间帮我看稿子的父亲,主要是帮我修剪一下文章的"枝叶",给我吃颗定心丸。

我最初向东方网投稿是以父亲的名义。在这个讲"名头"的时代,在学生写论文要把导师大名署在前面的"规则"面前,我只有以这种方式"入场"。我倒是不在乎署名,我觉得我写的东西能发表出来就好,就是对我写作能力的肯定。我写的稿子越来越多,发表量堪称"高产"。邵传烈老师纳闷我父亲为什么工作那么忙还能写那么多稿,父亲才向对方透底,说大部分稿子是我写的。邵老师询问了我的情况后,十分感慨,主动提出让我"自立门户"——同样为我在东方网开设专栏,请我当"特约评论员"。邵老师对我的关心和栽培,东方网给予我这种待遇,是我事前没有想到的,兴奋之余,更激发了我甩开膀子写作的动力。

就是这样,从熟悉的领域,到不熟悉的领域,写网评对我可谓是一发而不可收。有不懂的就查资料,网络这个"图书馆"任我随时查阅与学习。父母担心我累着,劝我休息,我执意不从。这么干,我不认为是出于"勤奋",而是因为我一度心里仍充满恐慌。我觉得,这难得的机会必须抓住,生怕自己一觉醒来就写不出来了,就词穷枯竭了,那我又该怎么办呢,又该去做什么呢?似乎,只有不断地写,不断地登稿子,才能让我获得一点安全感，让我刚刚萌发的一点点自我肯定得以加强。

  最初的两年，高强度的写作确实让我积累了经验，增强了自信。没有学历门槛，无须入职体检，不用跑腿儿去上班，写东西这活儿适合我。五花八门的选题我都尝试着写过，无论中间经历了哪些抓耳挠腮，最终文章都能完成。我逐渐明白，就像做老师出的题一样，只要好好学，用心解，就不会辜负你的付出。尽量把文章写得条理清晰，自圆其说，就有发表的基础。一回生，二回熟，曾经不熟的话题写起来更言之有物，我心里越来越有底。因为涉及的题目很"杂"，也为以后的杂文写作打下了基础。我也开始"进军"纸媒体，《人民日报》《光明日报》《中国青年报》《工人日报》《北京日报》《羊城晚报》《今晚报》和《前线》《民主》《群言》等报纸、杂志……这些以前我想都没有想过的媒体上也出现了我的名字。

经历感触"大爆发"

  你可能会纳闷，起初写一篇关于赛车的观后感或许不太难，但我整天待在家里，没怎么接触过社会，仅凭上网看新闻，脑子里怎么会冒出各种各样的想法与观点？

  我要说，这在很大程度上源于我的经历与感触的"爆发"。

你看到的只是在家里待着的我，你未必想到的是，我所经历的事情，很多我的同龄人都没有经历过。在某些事情上，一些比我年长的人也未必有我经历得那样深刻。这些经历对我的影响潜移默化，对我的思想冲击现实而深远。我的人生观、世界观、价值观由此萌发，在年少的我没有意识到的时候已在悄然形成，成为后来的我的重要思想雏形。

我讲过自己曾在鬼门关徘徊，但这又不是生与死那么单纯，还蕴含着"有钱治病，没钱回家"的赤裸与冷血。我在医院看到过因为缺钱黯然放弃治疗的病友，我和父母也曾面对第二次手术费一时未到位医院态度的微妙变化。我看到有的人治病能够"报销"，还从医院大包大包地开营养药；有的人不能"报销"，砸锅卖铁筹集治疗费却"人财两空"。那时候的我不懂"医院不是福利院"的意思，我会纳闷：不是说医生是救死扶伤的天使吗，不给没有钱的人治病，该是天使所为？医院旁有一所寺庙，在深感困苦与无助的时候，在不知命运会向左走还是向右走的时候，许多人不得不转向求神拜佛。泥塑的神像是否灵验，只有天知道。

12岁时的我还挨过一次"宰"。那时，站立已很困难的我上医院只能打的，车费通常在十几元。一次，父母实在抽不开身，让刚高中毕业的堂姐陪我上医院。没想到，一个满脸横肉的出租车司机多收了我们 10 元钱。我知道被坑了，心里气愤难过还自责。你可能觉得不过是 10 元钱。但 1993 年人们每月的工资就几百元，上医院花几十元打车本已奢侈，挨宰更令还是孩子的我感到胸闷。之后，我打了投诉电话，或许人家觉得我是小孩而不重视，又或是管理者消极懈怠，反正不了了之。由此，我看到了一些人的诡诈丑陋、不择手段，另一些人的爱搭不理、不作为。

  上面的故事阴郁晦暗，但值得庆幸的是，我的内心没有变得灰暗。因为，我也看到了人世间同样有真爱与真情。父母全力以赴为我治病，母亲单位的许多叔叔阿姨为我捐款，父亲单位只有极少数人知道我的事，也到家里来慰问，有两个阿姨还给我买了一件鲜艳的红毛衣，说是图个吉利。我手术后，父亲单位一次救助了三个生大病的孩子，我也是其中一个。父亲的一位朋友在我第二次手术时也伸出援手。我们一家在上海举目无亲，去上海做手术时，父亲的一位朋友先借了间小房子，让父母轮流休息。我与住在旁边病床上的一位爷爷成了"忘年交"，爷爷的女儿住在医院附近，她把自家的钥匙交给我们，让母亲去她家熬汤为我补身体。我们非亲非故，我感受到了人与人之间最质朴的信任与帮助。在上海住院的半年里，病友们都喊我"小北京"，有的上海老阿姨做了好吃的会分给我一些；有位叔叔得知我爱听相声,买来10盒相声磁带送我……"病友如战友",真是非同一般的情谊!

  难忘的经历与感触影响着我,伴随着我成长,成为我脑海中难以磨灭的印记,更是我生命中的一部分。我知道世间有真善美,我也知道社会有阴暗面,我明白这就是社会现实。但是,我一度不知道那些或令人愤懑且如鲠在喉,或令人感动且深深回味的东西该如何抒发与释放。我在很长的时间里像广大的"沉默的大多数人"一样经历着、承受着、沉默着,甚至我都不愿意出家门,不想去回忆和表达什么。我就像一只乌龟躲在自家的壳子里,我觉得这样最安全,让我暂时逃避了很多东西。但另一方面,我又一直在家自学英语、计算机等杂七杂八的东西,喜欢看报纸、读新闻、上网了解外面的世界。也许,在我内心里仍然住着一个叫"希望"的家伙,它就像一个受伤而怯懦的小孩,趴在家中的窗户上向外偷偷张望,虽然害怕外面的世界,但又渴望着外面的世界。

  了解了上面的事,你便不难理解,我之所以写起评论来一发而不可收,不光是因为我需要一份工作,一个证明自己的机会;还源于我的心里确实有很多话想说,这些话此前一直闷着憋着,似乎在等待一个喷涌的出口。我想把我认为存在问题的人与事说出来,我也要对我认为好的、美的、善的人与事给予大大"点赞"。我将"笔枪"投向那些畸形的、矛盾的、恶劣的人与事，把"鲜花与掌声"献给那些见义勇为的人、无私奉献的人、勇于挑战不良现实与不当规则的人。正因如此，我在写评论的时候，尤其关注民生话题，我想为那些与我一样身处社会底层的人、那些曾经或正在遭遇不幸的人、那些被归入弱势群体的人、那些没有机会在媒体上呼喊的人发出他们本该有的声音。

涉足报刊　道路更宽

随着我发表的作品越来越多，加上一些报刊对我的人生历程进行采访报道，知道我的人更多了，有更多媒体约我写东西。

《中国青年报》的徐虹老师负责中青报的文化版，她希望我多给中青报写稿。由此，我在中青报发表了一批文艺评论。回顾《请理解听情歌长大的孩子不喜欢鲁迅》《金庸加入中国作协，本就是俗人谈何免俗？》《余秋雨"被文盲"是变态时尚中的变态事件》《学术超男易中天"发飙"还是因为没修炼到家》《郭敬明的"抄袭门"骂名主要是因为有前科》《赵本山真的为农民争到了地位和尊严吗？》等文章，我发现自己也有写文艺评论的潜质，有段时间对此类话题颇有写作灵感。徐虹老师不给我命题，给予我自由选题与发挥的空间。她负责的文艺版每周出一次，使我的写作时间更充裕，有更多时间思考打磨文章。面对文坛中种种光怪陆离的事，我发表着自己的感触和见解，在中青报这一富有锐气的平台发表，引来许多转载。我写得很过瘾，感觉很爽。徐虹老师说我的文笔有个性锋芒，语言新颖俏皮，她说喜欢我的作品。

上海《劳动报》也是我的一块"阵地"。看到这个报名，你能想到它们关注的是哪类话题。我为《劳动报》写过不少关于职业技能教育、大学生创业与就业、劳动侵权与维权、工匠精神等方面的文章。我觉得，这些话题与劳动者息息相关，尤其是劳动权益保障，应不断强调、反复提及、执着关注，警示违法侵害劳动者权益的雇主和单位，敦促管理者积极作为，改善我们身边的一些不良状况。我写这些不想归入社会责任感的高度，我只是觉得，某些"沉默的声音"不能一直沉默。我也是普通劳动者，劳动权益保障的大环境是否健康，同样影响着我。

我也给《京华时报》当了几年"特约评论员"，给我牵这条线的是曾在人民日报评论部当评论员的唐宋姐姐。《京华时报》都是"命题作文"，关注的多是民生热点，对时效要求较高，约稿都是下午四五点，交稿是当天晚上8点多，留给我的写作时间挺紧。我得先"吃透"新闻命题，再琢磨有哪些评论点，进而赶紧开工。说实话，这样的写作想出好作品不易，因为作者的思考时间少,对文章的打磨也不够。但在短时间内完成符合要求、可以发表的文章,也锻炼了我的反应能力。当然,这种精神与情绪高度紧张的写作,对我这个特殊个体来说,付出有点大,后面我会提到身体"亚健康",多少与此有关。

2016年年底《京华时报》正式休刊,据说是经营出了问题。《京华时报》的编辑们的惆怅,在微信朋友圈晒站最后一班岗、出最后一期报纸、最后彼此合影的场景,让作为老作者的我同样有些神伤。在网络媒体大行其道,尤其是微信公众号等自媒体方兴未艾的今天,有人断言"纸媒已死"。行业与趋势性的变化,历史会给出答案。但我仍敬重一些传统报人的严谨以及对作者和读者的尊重,这些恐怕是一些新媒体欠缺的。某些新媒体制造阅读量"10万+"的功利与炒作噱头的赤裸,令人摇头。

放眼海外　视野更广

看过我的时评的读者也许会纳闷:你一个坐轮椅的,既没有出过国,又没接触过外国人,怎么会不断地评论国外的人和事?

我想说,既然可以"古为今用",也可以"洋为中用",通过发达的传媒看到国外的逸闻趣事,联系国内的状况,东西方对照，以为借鉴，也是一种评论手法。

比如，我注意到国外对残疾人权益的多重保障。据说，在"车轮上"的美国，如果停车位紧张，健全人宁可将私家车停在警车车位，也不会停在残疾人专用车位。因为，停在残疾人专用车位上的处罚，比停在警车车位上还要重。反观国内，无障碍设施不足、盲道被占用比比皆是。再看英国著名物理学家斯蒂芬·威廉·霍金，他患有严重的肌肉萎缩性侧索硬化症（也就是一度很火的"冰桶挑战"所关注的"渐冻症"），全身瘫痪，连语言表达都要借助机器。他要是在中国，恐怕早就"病退"了，顶多被归入"低保户"，世界也会少了一位研究宇宙论与黑洞的"大咖"。斯蒂芬·威廉·霍金之所以有今天的成就，除了他自身的天赋与勤奋，还与国外对残疾人各项权益的重视呵护，努力为残疾人创造平等、无障碍融入社会的条件密不可分。

"他山之石，可以攻玉。"平心而论，国外尤其是一些发达国家，确实有值得我们学习的先进技术与人文理念。面对"中国生产8亿件衬衫才能买一架空客A380"，你会产生怎样的感想？这折射出我国粗加工、劳动密集型产业的劳动附加值低，许多中国人"勤劳却不富有"，我们常处于产业链的末端，没有定价与分配的话语权。而发达国家拥有不少先进技术，具有高技术的研发实力以及品牌效应，在市场竞争中常常占据主动和先机。近两年，国产大飞机试飞，落后产能被淘汰，说明我们在进步，但我们仍有很长的发展之路要走。被国人谈及较多的还有一些发达国家为国民提供"从摇篮到坟墓"的社会保障，这令社会保障不足、保障水平较低的我们感到羡慕，这是在鞭策我们的管理者，努力加大民生保障投入。

我觉得，谈国外较我们优势的一面，不是崇洋媚外，而是一种实事求是。中国改革开放已40年，取得了令人瞩目的发展成就，恰恰是我们不回避自己曾经的劣势与不足，虚心学习别人的长处，同时坚持自己的初心，才走出了属于我们的中国特色社会主义之路。不回避问题，才能努力解决问题，在不断发展与深化改革中，逐步缩小与发达国家的差距。我们已经摆脱了温饱之忧，但许多社会事业仍然有待提高。发展中的国情确有局限，但这不是拖延懈怠不作为的借口。办法总比困难多，关键是有没有用心一步步去弥补不足、不断完善。

通过中外对比，能发现不少差异。差异有高下之分，有观念与思想的不同，有社会与文化背景之别，值得玩味与思考的东西很多。我发现有些事并非放之四海而皆准，我认识到不同国情的复杂性与多样性，我渴慕自身所处社会没有的却存在于其他社会的很赞的东西，我也会对总声称"外国的月亮比中国的圆"之类妄自菲薄的声音感到厌恶。

比如，有些人有意抬高国外、非理性贬低国内，特别是在谈及文明的时候，这种倾向尤为明显。有人曾晒出中国游客在美国华尔街骑青铜公牛的照片，说没见过这么"骑牛"的，将此上升到国人素质不佳的高度。没想到，北美一华人网站随后贴出各国游客在华尔街的"骑牛照"，这算不算打脸？还有，大热天光膀子被视为一种不文明，可俄罗斯总统普京光膀子在溪边垂钓的照片却被人家当成代表国家"秀肌肉"，这仅仅是认知差异的问题吗？更常见的情况是，国内的绿地上往往插着"禁止入内"的牌子，"践踏"草地似乎是一种"罪过"，而许多去过国外的人却看到，老外们常常惬意地躺在草坪上，人家觉得这多亲近自然啊……不可否认，一些国人确实有不文明的行为。但不文明不是一个筐，不能把什么都往里面装。究竟是我们缺乏"文明基因"，还是一些人有"文明洁癖"？

国内反腐持续深入，"老虎""苍蝇"纷纷落马，广大群众拍手称快。此时，少数人却说起怪话，还鼓吹国外如何廉洁、监督多么完善。不得不说，某些人无视了正与邪是辩证存在的，遏制权力不端是各国面临的长期的、共同的课题。2009年韩国前总统卢武铉因贪腐丑闻跳崖自杀，我当时撰文，谈韩国总统的"腐败传承"，从全斗焕、卢泰愚，到金泳三、金大中，再到卢武铉，都被查出或自己贪腐，或家人狐假虎威敛财。没承想，

2017 年韩国总统再出事——朴槿惠因亲信干政以及贪腐问题锒铛入狱，还成为韩国历史上首位被弹劾下台的总统。2018 年 3 月 22 日，李明博又因涉嫌受贿、挪用公款、玩忽职守、滥用职权等多项罪名，被韩国法院正式批捕。虽然韩国总统换了一茬又一茬，但总统贪腐始终没刹住，只能说明韩国总统的权力一直未受制约，金元交易与财阀政治依旧。

指出国外的问题，不是要掩盖我们自己的问题，更不是"五十步笑百步"。我觉得，客观地审视我们所处的世界，才能看清人性的种种弱点与世间的光怪陆离，使我们既不夜郎自大，又不妄自菲薄。在近代历史上，我们有过不堪的、被欺侮的回忆。对此，我们不能陷入两个极端——要么鼓吹应当全面"西化"，要么对外来文化言必称"入侵"。较为理性的态度是，学习别人的长处，弥补自身的不足，对自身与他人有清醒的认识，不迷失自我。

结缘人民网

起初与人民网建立联系，是我主动投稿，文章获得肯定与发表后，人民网的编辑又约我写稿。作为中央级网络新闻单位，人民网的名头无疑响当当，我的文章能够登上人民网，让刚开始写作的我欣喜激动。

我清楚地记得一篇自己早期发表在人民网《人民时评》的评论文章。那是 2005 年 2 月 28 日，文章标题是《官员烧香拜佛烧掉了什么？》。我在开头写道："拜佛烧香本是宗教信徒虔诚的信仰行为，可现在却烧出了腐败。"我在文中不光抨击了某些党员干部的共产主义信仰丧失，不信苍生信鬼神，而且直指某些官员与官太太的"香火钱"源自腐败。阐述迷信烧香拜佛、一心升官发财与立党为公、执政为民水火不容，对腐败分子的丑陋予以痛斥，我感到一种酣畅。人民网发表这样的文章，体现了正面导向以及对腐败分子的坚决唾弃。这篇文章不光得到了网友点赞，还引起了一些专业人士的关注。中国社会科学院研究网络传播的著名学者闵大洪老师特地给我打电话，称赞我的文章观点犀利、角度巧妙，还祝贺我这样一个草根儿登上了极具传播力与影响力的人民网舞台。

由于不断在《人民时评》发表作品并获好评，我先后被人民网评为"2005 年度最具影响力的十大网评人""2006 年最受网民关注的十大网评人"。面对来自网友的肯定与人民网的表彰，我的存在感与价值感被进一步激发。这对一个刚从人生低谷走出来、曾怀有深深自卑心理的青年意味着什么，你可以想象。有一年我过生日，人民网观点频道特地送来鲜花与祝福。虽然我与人民网的朋友只是作者与编辑的关系，但由于双方交流较多、配合默契，似乎有种"战友"的感觉。2006年，我出版了第一部个人著作《蒋萌网评》。这本书的研讨会是由人民网、东方网、北京市杂文学会、福建人民出版社联合主办的。时任人民网副总裁黄其祥老师主持了研讨会，时任人民网要闻部主任唐维红老师（她常常审阅我写的评论，现任人民网副总裁）同样参加了研讨会。人民网领导对我的支持与关心，令我深深感动……

在最初写文章的几年里，我算是自由撰稿人。根据我的体会，自由撰稿人不像某些人想象的那般"自由自在"。自由撰稿人好似"计件工"，写一篇稿子才有一篇收入。没有正式工作单位，自然没有养老、医疗等社会保险。所以，我还是有隐忧。即便如此，一没学历、二没身板的我，没有认真想过会被一家单位正式录用。我也怀疑，倘若有单位向我伸出橄榄枝，我能不能协调好单位工作要求与自己身体不便的关系。既有朦胧的渴望，又自我否定，我的心态挺矛盾。

看到我与人民网挺"投缘"，著名诗人、杂文家高深老师，他既是人民日报副刊的老作者，也是我参加中国作协的介绍人，极力劝我父亲让我正式加盟人民网，他还向有关领导推荐我。时任人民网总裁何加正老师、副总裁黄其祥老师也了解我的情况,他们经过慎重研究,决定"不拘一格降人才"。唐维红老师专门为我量身定制了一档名叫《观点1+1》的时评个人专栏,让我独立主持。考虑到我身体不便,领导允许我在家上班,唯一的要求是试用两个月。

由人民网"特邀网评员"变成人民网正式员工,这是一大步;由单纯写网评到独立主持一个栏目,责任不可同日而语。我暗下狠心,不能辜负众人的关爱与期望,要努力办好这个栏目。

主持《观点1+1》

2008年3月20日对我而言,是一个具有里程碑意义的日子——我在人民网观点频道做的第一期《观点1+1》正式亮相。

在做《观点1+1》之前,我已经写了四年时事评论与杂文。我知道,许多媒体都开设评论板块,评论栏目容易产生雷同性。作为一个新栏目,《观点1+1》要创新,要有自己的特色。所以,从一开始做《观点1+1》,我就希望在"正规时评"与"博文发言"之间,探索一种个性的、遵守主流媒体尺度的"小蒋感言"。我的这种想法也获得了领导的支持,领导给予了我较宽松的写作尺度。

在评论形式上,《观点1+1》有自己的新意。顾名思义,《观点1+1》就是一个观点加上另一个观点——先节选一段报章媒体的热点时评，再由我撰写"小蒋随想"跟进评论。《观点1+1》既呈现其他媒体与作者的论述，又有"小蒋随想"这一人民网原创作品"增色"。《观点1+1》的灵活性体现在，节选其他媒体的评论，不一定代表同意该文的观点，"小蒋随想"可以与之展开观点交锋，还可以从另一角度对话题进行拓展。原创的"小蒋随想"，为我掌握言说主动留下空间。每篇"小蒋随想"的字数保持在三四百字，力求言简意赅，迎合网友快节奏阅读的习惯。开栏不久，许多网友就不吝点赞。有网友留言：《观点1+1》敢说话、一针见血，力挺"小蒋"。

　　我也很注意选题的多元化，时政、民生、文体、八卦等，都会涉猎。在写法上，我不局限于"评论味"，还将文章写得具有杂文味，富有知识性和哲理性。"小蒋随想"努力将真话、真情艺术化地表达出来，拉近与网民的距离，引发网友的共鸣。虽然"小蒋随想"属于个人观点，但人民网发表也代表了一种态度。所以，有网友留言："人民网开办这样的栏目真的很好，如果纸媒体也这样改革，才真是改革。"两个月试用期后，我正式"转正"。2009年9月的一期《观点1+1》曾创下17万多的访问纪录。相对于今天微信营销与疯狂转发下"10万+"文章仍是可遇不可求，网页版、无营销《观点1+1》文章达到17万访问量的含金量可想而知。

在单位内部,《观点1+1》获得了"2009年人民网新闻大赛品牌铜奖"。在外部,《南方都市报》评选的"2009年度网络致敬栏目"中,《观点1+1》被推举为"年度致敬栏目"。致敬理由为:"流水线生产既造就时评市场的繁荣,也或多或少阉割着时评原有的灵性和批判力。正是在这种背景下,人民网《观点1+1》用一种零敲碎打、嬉笑怒骂、且歌且嘲的方式,有力地注解、拓展或补充了平媒时评的趣味、多元乃至平民性。"

听同事说,他们去接受编辑培训,有一课是中国人民大学专门研究评论的教授涂光晋讲评论,涂教授特别提到《观点1+1》做得挺有深度。谈到深度,确实是我希望达到的目标。对《观点1+1》而言,小蒋随想的"随"字决定了,不能重复已经引用的观点,而是需要探究表象背后的东西,进行更多思考。这要费不少脑筋,但会给读者带来新的启示,也是对我的锻炼。我不认识涂光晋教授,南方都市报将《观点1+1》评为"2009年度网络致敬栏目",我也是后来才知道的。这都是对《观点1+1》本身的评价,不涉及其他因素,他们很可能不知道我是在家上班与写作的残疾人。收获这样的肯定,令我欣慰,也是我继续做好《观点1+1》的动力。

我在家上班,《观点1+1》的运转离不开观点频道同事的支持。同事不仅在网络上与我进行工作对接，在单位要求填写一些材料、发放年节福利时，他们还会把东西送到我家。时至今日，我在人民网观点频道 11 年了，同事换了不止一茬，但他们对我的帮助、领导对我的关心不曾改变。我不常去单位，但每逢单位搞活动，同事们都不会忘了叫上我。2017 年 1 月，人民网迎来成立 20 周年庆典，要闻部主任潘健老师特地让我代表部门上台领奖，几个男同事合力将我的轮椅抬上领奖台。我这样一个特殊员工被台下的照相机与摄像机定格在人民网 20 周年的历史时刻，我的激动溢于言表，我更为身为人民网的一员感到自豪。

感性在左　理性在右

中国社会科学院研究员、杂文作家李景阳老师评价我是"思辨的蒋萌"。我知道这是对我的思想和文章的肯定。思辨是一个哲学术语，但如你前面看到的，我没学过专业的、深奥的哲学。我觉得，我的所谓"思辨"更多是把事情想得更透，看待问题更理性而已。

我想得多，不是因为喜欢思考，而是有许多独处的空间，难免会想各种各样的事，久而久之成了一种习惯。我偶尔会想，如果我也可以呼朋唤友出去"疯",约女孩逛街、看电影,有各种娱乐诱惑,还有没有"定力"琢磨这思考那。答案是,没有如果。我没顾影自怜,只是说说为什么想得多,不想"玩深沉"罢了。

想得多,便不会单从事物表面呈现的样子去理解,还会琢磨它为什么会呈现这个样子,甚至考虑有利是否有弊,反之亦然。在不知不觉中,就形成了所谓的"思辨"吧。在整理思路、归纳条理后,分析更多元,脉络更清晰,对于写文章,好处显而易见。尤其时事评论十分讲时效性,没有太多思考时间,条件反射式的观点归纳,更要拜日常琢磨所赐。被动也好,主动也罢,思考对我就像老子说的"祸兮,福之所倚;福兮,祸之所伏"。

想得多也不都是好的一面。对于有利有弊的事,固然会谨慎分析,但也会前思后想,不果断。和别人说话时容易条理化,被人指出"滔滔不绝",意识到有时倾听更重要。想得多心也累,不仅精神疲乏,而且掉头发。所以,我也在学习"放空",发发呆,努力不想事,也是给自己"充电"。

我是纯理性的人吗?恐怕不是。我觉得,若没有足够的感性因子,便无法对外界的人和事产生共鸣。虽然长期从事评论写作,我并没有对或正面或负面的新闻感触"钝化"。看到温暖的故事,我仍禁不住泪流。看到令人不齿的劣行,我会义愤填膺。看到虚伪的假象,我愿意坚决揭露。看到值得歌颂的人与事,我会不吝笔墨喝彩。我不认为这是"非利益攸关"的参与,我觉得这是同理心的体现。从别人身上,能看到自己的影子。别人的际遇,会触动你我的心弦。他人的问题和诉求能否被关注、被解决,会影响遇上同类情况的你我。在对他人玩世不恭、闭口、不作为感到失望的时候,我们不应成为自己讨厌的那种人。

快节奏的生活中,方方面面的压力下,很多人可能不会去想自己是偏感性,还是偏理性。但是,感性与理性仍在默默工作,前者助你辨别是非对错,后者帮你分析前因后果。我不是天生的"思想者",不过是在命运的驱使下,在人生的转角处遇上了"评论君"。虽然这个老兄严肃又刻板,时不时给我出难题,但它不挑身体,只看头脑,我也就忍了,逐渐和它建立起伟大的革命友谊,登上"评论号"大船,随它扬帆走起。

我不是科班出身,也不是"文艺青年",自认为写不出华丽的辞藻。我也知道山外有山,看到他人的精彩文章,我会虚心拜读。对我而言,不装高深和学究,不玩无病呻吟,不写官话、空话、假话、大话;只是尽量把文章写出个性,站在草根儿的视角,用不死板的、俏皮的、接地气的话语,表达普通人的喜怒哀乐,反映老百姓的感受和诉求。我觉得,这比较现实,也是我乐意、有能力做的。

　　我希望自己写的文章贴近现实。而现实既不像某些"歌乐型文字"鼓吹的那样"一片大好",又不像"恶意崩溃论"丑化的那般"令人绝望"。真实的现实是,有好有坏,有善有恶,有悲有喜,有苦有甜。实事求是,不吹不黑,才不违背本心,不令观众反胃。文章的观点难免有倾向性,我觉得,通俗而不低俗,剑指阴暗而不陷入厚黑,致力于构建而非拆台,应是基点。当然,要达到上述目标,对作者的水平要求很高。如果能力不行,应"虽不能至,心向往之"。有时候,能力未必是最大的问题。欲做事先做人,就是这个道理。

　　对于形形色色的"雷人论"和"鸡汤文",我持保留意见。制造噱头博眼球,炮制心灵鸡汤,难道不是某些写手与炒作者的坑爹套路?或许,有人觉得我这种想法很傻,认为一些看客图的就是猎奇刺激,要的不是事实真相,而是符合自己想象的"真相",心灵空虚要"大补",写手借机渔利是"顺应市场需求"。我不想反驳什么,因为你永远也叫不醒装睡的人。

　　罗曼·罗兰说过:"世界上只有一种真正的英雄主义,那就是在认清生活的真相后依然热爱生活。"许多人活到老看到老,仍然难以自信地说已经认清或看透了生活的真相。不过,根据已知的、已感触的酸甜苦辣,我们还是在不断形成与修正自己的人生观、价值观、世界观。在遭遇颠覆性的事件后，还会出现所谓的"毁三观"。由此，是不是仍然热爱生活，会不会怀疑人生，确实是一道深刻考题。

我遭过大难，在劫后余生中，蹉跎过，努力过，感受过亲友的关爱，见识过人性的复杂，体会过如流星般的小确幸，被身体局限的涟漪长久裹挟着。理性告诉我，我是不幸中的幸运者。感性又说，如果人生是一张完整的拼图，你终归会缺失很多。我无力改变缺憾的事实，我能做的只是，将所思所想写下来，并且继续体味着。

感谢网络时代

我写评论与杂文，不只是为了抒发自己的感受，更是希望有关现象能够引发更大范围的讨论，引起更多人的共鸣，推动一些问题得到缓解乃至解决。我知道个人之力是有限的，个人的声音是微小的，但亿万人的声音汇聚起来，就会形成舆论以及时代的强音。行政者要维护社会长治久安，必须坚持为人民服务，重视人民的呼声，不断解决社会存在的问题。"人民对美好生活的向往就是我们的奋斗目标"，这是执政党对人民群众的庄严承诺。

年复一年的写作之后,我也会回顾,包括我在内的许多评论者所写的文章,以及更广泛的公众舆论,对具体的社会事件是否产生了实际影响。我的答案是,一些个案经过媒体曝光、众人评之后,引发了各界的重视,问题得到了解决。但是,确实也存在久啃不动的硬骨头,它们要么是体制机制上的缺陷弊端,要么与社会发展水平的局限有关。

即便如此,有些事还是在渐变。比如,基本医疗保险制度据说已实现全覆盖,城镇职工养老保险和城乡居民养老保险已覆盖8.5亿人。有人说,有关保障的水平仍然不高。这是事实,但一些问题从无解到缓解,社会保障从无到有,终归是进步。我觉得,还是应该以积极的态度去看。那些仍不能令人满意的地方,那些仍有待提高的方面,需要进一步的鞭策与改革,离不开社会进一步发展。

我也会自我反思。因为,写作者给他人乃至社会挑毛病是相对容易的,理性客观、镜鉴自身反而有可能被忽略。我会审视自己的观点是否偏激,是否过于主观,并加以修正。随着年龄的增长,我看待事物的角度也在发生变化。我不再以简单的好与坏、是与非判断周遭的一切,我越来越明白人性是复杂的、社会是千姿百态的。我知道,我在评论别人的时候,我的文章也要接受别人的评价。没有一种观点放之四海而皆准,不同的人,站在不同的角度,难免有不同的看法。我唯一肯定的是,我写的东西对得起我的良知,我会以一颗平常心去面对不同的声音。社会在发展进步,我也在成长与成熟。我觉得,今天终归比昨天好,人总要向前看,总该怀有希望。

这一路走来,许多媒体的前辈与杂文圈里的老师的关怀、鼓励、支持,令我没齿难忘。北京市杂文学会会长胡昭衡爷爷曾说我是"北京杂文界的儿子",并曾亲自写信鼓励处于迷茫中的我。还有太多老师给予过我发表文章的机会,更使我在中国作家协会与北京市杂文学会都有了一席之地。在我的第一本书《蒋萌网评》的研讨会上,有那么多杂文界的、媒体的老师为我这个晚辈前来捧场并不吝指点,我真不知该说什么好。如果说医生救了我身体上的一命,那么许多老师则在精神与工作上力挺、扶持了我。我无以为报,只能更积极、更努力地生活与写作,让他们稍感欣慰。另外,我也得说,如果没有网络,不会有"人在家中坐,评论天下事"的我。我很庆幸,赶上了这个既有寒冷又不失温度,既生长荆棘又存在坦途的时代。

附：

网坛上的"小·号手"

新民晚报记者　邵宁

记者在上海东方网特约评论员会议上，见到了这个有着传奇色彩的北京青年。

蒋萌很瘦弱，由于不大出门而脸色苍白，他脸上最吸引人的是一双眼睛。他的瞳仁又黑又大，目光敏锐，发出一种奇特的光芒，似乎他身上所有的精力、神采、灵气都集中在这里了。

互联网的普及和应用，使蒋萌大开眼界，他在网上获取了很多知识和信息，他在网上交了许多不曾谋面的朋友。他在网上学习，在网上写作，在网上购物，电脑扩大了他的眼界和视野，极大地拉近了他与社会的距离，使他的生活不再寂寞，变得更为充实。

他的时评题材广泛，从体育赛事到国内外大事，从大学生就业到农民工问题，从房地产暴利到学术腐败，他都有感而发、言之成理。从事时评、杂文写作虽只有不到两年的时间，蒋萌却有了很多成果：在东方网、人民网发表时评数百篇;先后在全国报刊上发表时评、杂文近100篇;有的作品被《读者》《报刊文摘》等转载。时评《是狗疯了还是人疯了?》被选入2005年度中国最佳杂文选集。

蒋萌成了东方网最年轻的特约评论员,还被评为东方网优秀网络评论员。

网络成了蒋萌的脚和翅膀,让他海阔天空地遨游,自由自在地飞翔。网评则成了蒋萌的"小号",25岁的青年吹出了生命最嘹亮的乐章。

疯狂的写作

工人日报记者 罗娟

那段时间,蒋萌特别疯狂,没有人要求,他要保持一天一篇作品的速度交出去。蒋萌不光和自己较劲儿,还得和许许多多职业作家、正常人去竞争。

与写作速度相反的是,每天起床之后整理的时间他比别人长数十倍,每天体力能够支撑的时间他又比别人短得多。"别太累了",父母充满担心地劝告儿子。

创造一个又一个奇迹

人民日报记者　李鹤

蒋萌瘦小的身体里似乎有着惊人的力量,让他创造了一个又一个奇迹。

三次大手术后,蒋萌奇迹般地闯过了"鬼门关";下肢瘫痪,辍学在家,靠自学掌握了相当于研究生水平的英语;也是靠自学,他熟练掌握了高难度的计算机C++编程技术,学会了"攒机";更不可思议的是,小学没读完,甚至很少出门的他,成为人民网时评专栏评论员、东方网特约评论员。

十大网评人

华夏时报记者　王青笠

　　蒋萌通过时评找到了舒展不平、提出疑问的出口。时评对时效性要求很高，经常是哪怕晚了一天就意味着过时，因此每每有一种不安在推动着蒋萌："没完事睡不踏实。"然后是有些抱歉，"我不睡，害得家里人也陪着我熬。"每天早上8点到半夜一两点，除去偶尔的午休和室内活动时间外，蒋萌的所有精神都贯注在时评上，不看电视、不玩游戏、不听音乐，这是两年300篇评论的代价，蒋萌也成了网民们熟知的名字。蒋萌写的《我国大学"一流毕业生"哪儿去了？》是人民网"2005年度最具影响力的十大人民时评"，而他也获得了"2005年度人民网最具影响力的十大网评人"称号。

　　睡眠减少了，蒋萌却是一脸的精神焕发，时评对于他显然不仅仅是一个职业那么单一。不过作为声名鹊起的时评写手，蒋萌并没有就此完全锁定自己的方向，提到未来，蒋萌的回答是"还得做着看吧"。

　　说这话的时候，年轻的蒋萌眼神里自有一股沉思。

出网评集　进人民网

文艺报记者　曾祥书

在四年多的时间里，蒋萌陆续在全国数十家报纸、杂志、网站发表各类评论、杂文、随笔等。2006年，在福建人民出版社出版了《蒋萌网评》。事实上，撰写评论已成为蒋萌的一份工作，每个月已能获得他自我感觉尚可的收入。

回顾发表过的文章，蒋萌有时也不敢相信，这真是自己写的吗？不少人同样问过他类似的问题。细细想想，经历过生死磨难、世间人情冷暖的蒋萌很早就开始感受社会。行动不便、对外界探知的渴望，让他养成了上网、读报、看杂志了解天下事的习惯。由于长期的独处，对许多新闻与社会现象不由自主地产生了一系列思考，各种成熟与不成熟的个人想法，渴望某种机会与平台得以释放。他在《蒋萌网评》一书的后记中这样写道："我只是希望找点事做，父母对我也没有什么要求。从写自己熟悉的话题，拓展到更宽泛的领域，再到尽量将文章提高到具有一定专业性与建设性层面，实际是一个渐进过程。我自认为没有太多写作天赋；并非'科班'出身，文章也欠缺华丽文采。我只希望自己关注民生话题，说些大实话，尽可能将文章写得不那么枯燥，具有些俏皮意味。如果刚开始就对我说文章将面对公众、要出现在'主流媒体'，我可能就被'吓住'了。渐渐进入写评论的状态，对各类话题都能说上几句，应当说是不断练笔后的'水到渠成'。当然，写得越多、写得越深，也发觉个人评论同样要承担一定社会责任。有人可能会问：在信息汪洋中，个人的一点看法犹如一滴水珠，能引起多少注意？但我个人认为，千万滴水珠汇集起来就是大河，是一种势不可当的力量，'公众舆论'是民心、民意的体现。某种程度上，这也是如今党和国家提倡以人为本、群众监督、民主执政的应有之义。"

蒋萌的经历引起社会各方的关注，《人民日报》《中国青年报》《北京日报》《工人日报》《华夏时报》以及中央电视台等媒体先后报道了他的事迹，采访与关注蒋萌的多为他的同龄人，他们因感动而动笔，由感慨受到鼓励。2006年北京市杂文学会吸收蒋萌为会员，2007年9月他加入中国作家协会。2008年3月，人民网正式聘用他担当专职编辑兼评论员,让他独自主持并撰写人民网评论栏目《观点1+1》。

蒋萌现在是在家上班的"SOHO族",每天要编辑大约1000字的"观点",同时还要写1000字左右的"小蒋随想"。有特色有个性的《观点1+1》栏目很快引起网友的关注,访问量不断上升,高的达到五六万次之多。网友们在称赞这个栏目的同时,也为蒋萌的人生奋斗而感叹。对此,蒋萌一方面感到了辛勤写作与付出后的欣慰,另一方面也感到自己的人生价值正在得到不断扩大与施展。人生好比一个舞台,蒋萌已在这个舞台上找到了自己的位置,正在以无形的舞步留下自己独特的脚印。

从写日记到"父子兵"

父亲　蒋元明

一些朋友常问我,你儿子因病连小学都没读完,怎么一转身就变成了网评家和作家呢?他们在夸奖儿子时常常说是继承了父亲的基因什么的。

其实,我就是一个普通的编辑和业余作家,说不上有什么才气。回想起来,一些偶然因素在不经意间对孩子也许起了些作用。

是儿子上小学二三年级的时候吧,他不知怎么就写起日记来,还把本子小心地压在枕头底下。当时我们也没在意。过了一段时间,他妈妈有点好奇,说一个小屁孩儿字都认不了几个,还能写什么日记?

有一天,儿子不在家,妻子就悄悄对我说,看看儿子的日记,到底写些什么。我故意正色道:"那不合适,个人隐私未经允许偷看了,在国外是犯法的!"妻子把嘴一撇:"这是中国,我是他妈,看看就不行吗?"知道拗不过她,我就离开到小厅里去了。不大一会儿就听见一阵哈哈大笑声。我忙进屋一看,只见妻子笑得前仰后合,气都快喘不上来了。我问:"看见什么稀奇了,把你笑成这样?"妻子把本子递给我说:"看看吧,笑死我啦!"我接过一看,本本上写着:"我今天很高兴。"前一天也是:"我今天很高兴。"在前一天还是:"我今天很高兴。"敢情这小子就会这么一句,是有点可乐!日记写在一本小学生用的"练习本"上。

待儿子回来,我觉得当大人的还是要坦荡一点,就对儿子说:"我们关心你,看了你的日记,但没经你同意是不对的,应当检讨。"看儿子的样子倒也平静,并没有"坚决捍卫主权"的意思,我就接着说:"写得不错,'我今天很高兴',虽然只是一句话,却反映出自己的情绪,很好嘛。当然啦,如果能把自己为什么高兴,譬如老师表扬啦,同学们夸奖啦,或者做了一件什么高兴的事啦,把这个过程写出来,那就更好了。"也不管小家伙听懂没听懂,反正把私看人家东西的事给了结了。

到了四年级,他写了这么一篇日记:

"1月27日 星期日 晴

今天我被叫去和同班同学郝药乐打乒乓球。

先是我发球。我'啪'的一声把球打给了郝药乐,郝药乐见发的是长球,往后一跳,一下把球打回了我的台前,我冷不防,没接住这个球。这下我丢了一分。该郝药乐发球了。他发了一个短球,要不是我身子往前一伸,这个球我又要丢了。郝药乐一看球稍高,正是一个好机会,他猛的(地)一扣,我连接都没法接,只好又丢一分。(接着)我连打了两个扣球,一下把郝药乐振(镇)住了,他抖擞精神跟我继续打。打到最后了,我扣球、长球、短球全用上了,但就是得不到最后一分。郝药乐可能是有点急,发了一个稍高的球,我用力扣杀,他连忙挥拍,可是球已经从台上跳到地上去了。郝药乐败在了我手下,我高兴的(地)笑了。"

一篇日记,一场球赛,你来我往,长球短球,扣杀推挡,还有心理活动,有板有眼,蛮热闹的。最后打赢了,"我高兴地笑了"。这与只一句"我今天很高兴"已经不可同日而语。

"孺子可教。"后来我就送了他一个带塑料皮的小本本,还在扉页上写道:"蒋萌:坚持到底 蒋元明 九一年十一月五日。"11月6日,儿子就开始写新的日记了。

重病期间,儿子的日记中断了,等到手恢复了功能,才又开始写,写他的痛苦和苦闷,写他的孤独与向往。

是日记陪伴他度过了那最灰暗的日子,也是日记伴随他迎来了曙光的开启……

儿子是怎么开始写日记的,我不清楚。不过,我是有写日记的习惯的,那是受《雷锋日记》的影响,我们这一代人许多都是这样的。写日记的好处一是"好记性不如烂笔头"。许多陈年旧事,早就忘得光光的,但日记却清清楚楚记着,甚至还有细节。二是"拳不离手,曲不离口",笔头不停,下笔就不困难。

儿子与文字结缘,与日记多少有些关系吧。

真正使语言文字过关,应该归功于他苦学英语五六年,英汉互译,最后能熟练翻译几千字的文章。中国许多翻译家也是文学家。

当然,最主要的是要感谢伟大的网络时代,它让年青一代插上了飞翔的翅膀,涌现出大批的网络文学、网络作家。

儿子和我是同时成为东方网特约评论员和人民网特邀评论员的。"打虎亲兄弟,上阵父子兵。"儿子的入伙也激发了我,与其教导他如何如何写,还不如带着他一块冲锋陷阵,在实战中学习。每天早上五六点我就起床写作,白天上班编稿、看版,处理单位的事,晚上再给儿子看稿当编辑。他有一种紧迫感，觉得自己必须抓住机会。他侧卧床上，左手弯曲支撑上身，用右手手指敲击键盘，虽然十分吃力，但一月要写十几篇，甚至20篇，在战争中学习战争，在游泳中学习游泳，日新月异，突飞猛进。我们不仅给网站供稿，还向各地报刊投稿。第一年下来，发表的文章剪报一人一大本，儿子的稿费达5万多元。看到凭自己的双手也能养活自己，他的自信有了，脸上的笑容也多了。此后，他就"独闯江湖"，走自己的路了。

/生命是劫后重生的奇迹/

第五章

轮椅人生

经历了与病魔的生死搏斗,经历了痛苦的困惑与彷徨,经历了网络的奋力突围,浴火重生,凤凰涅槃,迎来了人生的转折,有了活着的意义,有了存在感和成就感,但与轮椅为伴却无法改变。生活还要继续,路漫漫仍须前行。

/生命是劫后重生的奇迹/

"亚健康"找上门

"生命在于运动",腿脚不灵便的我,无奈"想动却难动"。在过去很多年里,我的生活中没有外出运动这一项,而是整天待在家里,先是心理抑郁胡思乱想,后逼着自己自学充电,再后来心怀忐忑地开始写作。虽然我一直在家,却没有松弛的感觉,精神里的某根弦一直绷着。长期缺乏锻炼,常常熬夜写稿,加上精神紧张,我出现了人们常说的"亚健康"状态。

如果说"熊猫眼"还只是显得我精神头不足的话,畏寒怕冷、容易感冒发烧更说明我的抵抗力很差。我曾经对此没太在意,毕竟我的身体状况不能和健全人比,虽然不能说"破罐破摔",但确实有"凑合"的心态。直到前几年的某个冬天,我出现了持续的、莫名的低烧。一到晚上就全身发冷,还伴随头疼、发热、出虚汗,加上食欲大减,逐渐消瘦,整个人就像得了大病。我搜索网络得知,持续低烧可能是某些严重疾病的症状之一。当时，父母和我嘴上不说，心里却开始紧张，尤其担心我旧病复发。他们带我多次上医院，对我的身体进行各项检查。然而，大夫对病因一直没有结论。没有结论并未令父母和我安心，因为症状摆在那里，我明明很难受，这是否意味着存在尚未检查出来的隐患？那就只有继续做检查，直到医生摊开双手表示，该做的检查都做了，根据各种检查结果，看不出有实质问题。临了，那位西医大夫说"要不去看看中医"。这算是给我们提了个醒。

得知我身体闹病，发小来看我，向我推荐了一位与他相熟的中医大夫。发小说他也有点"亚健康"，曾找这位中医看过病，吃过她开的药，觉得效果不错。我正愁不知上哪儿找靠谱的大夫，发小真是雪中送炭。发小亲自开车带我上医院去找那位大夫，关键时刻还得靠哥们儿。那位中医大夫是女的，年纪不算大，对病人很有耐心，外加其与发小那层关系，给我看病时更是认真。经过望、闻、问、切，这位女大夫给我开出了药方，还叮嘱我不能再熬夜，要注意休息。下一步就要喝中药了。为了确保中药正宗，父亲专门跑到同仁堂为我照方抓药。为了保证药效，母亲每天严格按照须知为我熬药，而不是在中医院"代煎"。喝中药得根据病情及时调整用药，发小不辞辛苦，每周开车带我去中医大夫那里"报到"。亲友倾力付出，中医大夫认真诊治，一杯杯苦口良药被灌进我的肚中，服用中药两周后，我的低烧终于退了，各种病状渐渐消失，身体逐渐恢复。我接着又喝了3个月中药，巩固疗效并调理身体。

病愈后，我不禁感慨。中医确实博大精深，虽然外行的我一时半会儿不解其中深奥，但还是知其一点皮毛。相对于西医干脆利落地"哪里有病灶在哪里动刀"，中医擅长细水长流地"调理"。中医讲的治"本"，是通过改善身体内在的机能，达到治疗疾病的目的。结合我自身的情况，或许是我的身体状况还处在"渐变"阶段，而未发生"质变"，所以西医靠仪器查不出来，束手无策。中医则能通过对我的脉象、舌苔等进行分析，找寻隐藏的健康风险，再以"补虚""益气"等方式，减轻乃至解除疾患。

不过，"是药三分毒"，中药不能一直喝。虽然我的身体状况暂时好了，但持续低烧的不堪记忆让我不得不重视"亚健康"问题，我开始琢磨如何提高身体素质。我查阅了一些资料，发现免疫力不是靠"吃啥补啥"来提高的。一般来说，要通过加强体育锻炼，来增强身体素质。这给行动不便的我出了一道难题。我该怎么锻炼身体？我可以通过怎样的方式加大运动量？以前在家里，我拄着拐杖，父母扶着我，我能在光滑的瓷砖地面上费力地"挪"几步。这已令上了年纪的父母很疲劳，我不能以这种方式加练。而且，若家中运动有效，我的身体素质何至于很差？所以，我得寻找新方法。我的下肢不灵便，恐怕要在锻炼上肢上多动脑筋。想来想去,我将目光投向我那台小轮椅。

轮椅"夜游侠"

我和父母住在一起,房子位于父亲单位的家属区,家属区与办公大院只有一墙之隔。每天下班后,大院里都很清净,一些人吃完晚饭后会去大院里散步。我心想,要不要去大院里自己推轮椅锻炼呢?其实,父亲以前也试图说服我去大院里推轮椅。对此,我本来持消极态度。现在反思起来,这源于一种惰性依赖,也有时间方面的顾虑。惰性依赖是因为,自我残疾坐轮椅后,出门往往由父母推着,忽然让我独自推轮椅出去,心理上感觉不适应。时间问题在于,不时有媒体约我写稿,白天忙于单位活计的我,在晚上常常也要加班,我觉得自己"没空"。或许,"没空"多少有些托词,反正我对自己去院子里推轮椅锻炼曾有抵触心理。可是,身体已发出"警报",我明白必须加强锻炼,自己也老大不小了,不能总依赖父母,做出改变势在必行。

既然前前后后都想明白了,我一咬牙,出去试试!某天吃过晚饭,我让父亲把我推出家门(我家住的是老楼,没有电梯,虽然住在一层,门前还是有五级台阶,得在台阶上搭两块临时用的木板,供轮椅上下)。我没让父母与我一起进大院,我怕自己有依赖,推不动就要他们帮忙。由此,我开始"首次出场"。

都说"胳膊拧不过大腿",意思是胳膊再有劲也不如大腿。在用双手和臂膀推轮椅"行走"时,我对这话有了更深的体会。刚进大院没推多远,我就感觉胳膊酸软,禁不住要停下来歇歇。听散步的人说,围着大院走一大圈,大约是 900 米,抄近道走一小圈,是 700 米左右。我刚开始练习,自然选择小圈。即便如此,还是感觉"长路漫漫"。我知道万事开头难,不能打退堂鼓,只能咬紧牙关继续推。就这样,推推歇歇,歇歇推推,汗水不知不觉流淌下来,衣服也渐渐潮湿,用了快一小时,推完了一小圈,完成了我的"首秀"。

回家后,我挺有成就感。因为,全程都是我自己推下来的,证明我有这个能力。虽然有点累,但我好像找回了某种自由的感觉。这种"自由感"在我残疾以前、独自骑自行车在大院里"东游西逛"时有过。后来,生了重病,备受病痛折磨,父母带着我求医问药,我再也没有独自到大院里溜达过。手术后只能坐轮椅,我万念俱灰,心情抑郁,好多年都不愿意出家门,根本没有心思出去闲逛。我怕陌生人看到我坐轮椅,自卑心理让我没法想象别人对我指指点点。直到后来我开始写文章,有了自己的收入,偶尔出去参加一些活动,才慢慢接受一些路人不时投来的目光。但在很长一段时间里，我还是没有独自出门的念想。上面说过，这里面有依赖父母的因素。还有一个原因是，马路上无障碍设施不健全令我心理发怵。在大院里推过轮椅后，我发现有几个优势：一是大院里都是柏油路，不用上下台阶；二是晚上的大院人少清净，正好符合我不想被人盯着看的心理；三是虽然推轮椅挺累，但在大院里转，让我重新找到了一种自由自在的感觉。

有了第一次的成功，在以后的日子里，我晚上基本都会去大院独自锻炼。在推行的过程中，我发现"看似平坦的道路其实不平坦"——为了下雨不积水，院子里的道路是微微倾斜的。也就是，路面的一侧比另一侧在角度上要低几度，在地势较低的一侧有装着铁篦子的下水道。对走路的人来说，感觉不出这种微微倾斜。骑车人靠腿蹬车前进，手握车把轻松控制方向，路面稍有倾斜顶多微调车把即可。可对推轮椅的人而言，双手既要推车，又要控制转向，这已然很费力；微微倾斜的道路更会使轮椅向地势较低的一侧偏行。对此，我只能分别调整左手和右手推轮椅的力度和频率来"纠偏"，在某些倾斜度较大的路段，甚至只能用处于地势较低那一侧的一只手推行，另一只手则一点不能使劲，否则轮椅无法走出直线。双手推行本来已很吃力，有时候却只能用一只手，费劲可想而知。道路就是这么设计的，我虽然心中叫苦,却只能努力适应。

除非是雨雪天实在没法外出,无论炎夏还是寒冬,我都会去院子里推轮椅,我觉得这是"冬练三九,夏练三伏"。随着时间的推移,耐力与臂力越来越强,我从最开始一次只能在院子里推一小圈,发展到可以推两小圈、三小圈。然后,我又从两大圈起步,逐渐可以推三大圈,甚至是四大圈。即便在冬天,每次推完轮椅,我的内衣也会被汗水浸湿,夏天更不用说,人就像被汗水洗过似的。近两年雾霾越发严重,按照健康提示,应尽量在家,不宜外出。但有时候雾霾会持续多日,一直"断练"令我有点无法接受。所以,我会戴上防霾口罩外出。戴口罩推轮椅,令我更加上气不接下气,但我不觉得这是"自虐"。

我之所以这么卖力推轮椅,是因为我从中获得了益处。首先,我的饭量增加了,消化不良的情况少了,曾经胃不好的状况大大改善。其次,我的上肢肌肉变得发达,赘肉减少,体能状况明显进步。更重要的是,经过持续的锻炼,我的抵抗力大大增强,感冒发烧的次数少多了,这正是我锻炼的初衷。我还有一些意外收获——推轮椅在消耗体力的同时,还能起到放松精神的效果。专注推轮椅时,我会少些胡思乱想,我的头脑能得到"放空",这是一种运动减压。随着推车能力的增强,我独自出行的信心也在增加,我可以自己推轮椅去离家不远的水果摊、便利商店买东西。以前我想吃什么要让父母从外面给我买回来，现在我想吃什么可以自己去买，其中的感觉自然不同。虽然我也常常网购，但到实体店自己挑，更有乐趣。好处多多，我也越练越来劲。

为了能天天出去推轮椅，我不得不婉拒一些媒体编辑的约稿。坦白说，人家约我写东西，是认可我的写作水平，是给予我发表作品的舞台，甚至还有些情分因素，我拒绝别人的邀约，确实有些不好意思。但是，锻炼对我来说非常重要，我得在身体这个革命的本钱上多多积累。所以，我会向编辑说明情况，希望获得对方谅解。有时候实在不好推托，我也会体谅人家而"接活儿"。毕竟，这是相互理解的事，编辑与作者是彼此支持的关系。由于写得少了，我的"外快"也少了。我安慰自己，有舍才有得。

散步一族多奇观

在大院里，我能遇到形形色色的散步者与锻炼者。归纳起来，大致有这么几类。

一类是男性"老领导"，他们往往三三两两一起遛弯，远远地就能看到他们背着手慢悠悠地走来，走近后常能听到他们谈天说地。我与他们中的几位是住在同一幢楼的邻居，我会向他们问好。这些伯伯看到我这个小字辈，也会挥手回应，还对我说"小萌，又出来锻炼啊"。在我进出家门时，有的伯伯还帮我推开楼道门，在父亲推我上陡峭的楼梯时伸手相助。我很尊敬这些伯伯，他们对我也挺关爱。

还有一类是"老阿姨"，她们通常也是相熟的几个人结伴散步，她们的步速比"老领导"要快一些，她们聊的往往是居家琐事或儿孙话题。我也会向认识的老阿姨打招呼，她们同样会微笑回应。

此外，还有中年"夫妻档"。他们往往并排而行，彼此并不对视，也不怎么说话，由于男的个头高些、女的个头矮些，男的步伐大而频率慢，女的步伐小而频率快，使双方的步行速度基本一致，透着一股老夫老妻的默契劲。

再有就是"独行侠"，这些人中有年轻的，也有年长的。年轻人时常穿着运动装、戴着耳机围着院子跑步。有的人跑起来很轻快，身形比较修长，能看出来是经常锻炼的结果。还有人跑起来显得很吃力，呼哧带喘，身材发福，显然是想跑步减肥。年长的"单遛者"，有的是没遇上老伙伴而落了单，还有的是一贯独来独往。后一种老者时常拿着收音机，或是在听新闻，或是在听评书。

偶尔还能看到带着小朋友漫步的年轻夫妇或爷爷奶奶。不过，夜晚终归不是带孩子外出玩耍的好时候，所以他们不是散步大军中的"熟面孔"。

月光之下，树影婆娑中，不同的人或走或跑，进行着放松与锻炼，使这个在白天工作时聚集着上千名职工、忙忙碌碌的大院子，在夜晚呈现出一种安宁却不失人气的景象。

小孩叫我"大爷"

之前说过，我曾在很长一段时间里因为自卑而不愿出门。现在天天出门锻炼，我的脸皮也练厚了，对个别人投来的异样目光已不在乎。但是，我也有自己的原则，如果有人一直盯着我看，我也会"回击"——与其对视，直到对方觉得不好意思，将目光转向别处。我这么做不是挑衅，而是希望对方意识到不妥。我觉得，一些人盯着残疾人看，或是出于同情，或是因为猎奇。无论是哪种情况，哪怕没有恶意，"死盯"都会令残疾人产生不快。换位思考一下，如果有人死盯着你看，你会不会感觉不自在？己所不欲，勿施于人。残疾人在公共场所是否遭遇尴尬，也是衡量社会文明程度的重要标尺。某些人不明白这个道理，令我遗憾。

还有一种情况是，小朋友看到我坐轮椅感觉新奇。孩子会问："妈妈，这个人为什么不走路呀？"有的妈妈不知如何解释，拉着孩子快步走开。也有妈妈会给孩子解释"这个叔叔腿不好"，还告诉孩子盯着别人看不礼貌。小朋友对坐轮椅的我感到好奇，我当然理解。但我看到，不是所有妈妈都会正确地教孩子。每当遇到友善的家长和孩子，我会对小朋友微笑，还会问他或她几岁。由于我坐轮椅，显得很矮，与孩子平视，孩子通常不怕我。当然，也不排除我长得还不算吓人。有一次遇到一对祖孙，小男孩对我的轮椅很感兴趣，问我能不能推一下，我就让他推推看，他发现能推动，很开心。小男孩的奶奶问我多大岁数，我如实相告。这位当奶奶的得知我比她儿子大两岁时，指着我对她的小孙子说"快叫大爷"，小男孩随即响亮地喊了我一声"大爷"。我当时有点蒙，自己怎么成"老大爷"了？但转念一想，我确实是"大爷辈"，不禁哈哈一笑。

在院子里偶尔会看到坐轮椅的老人，他们一般都是由家人或保姆推着，像我这样自己推轮椅锻炼的年轻人可谓独一份。或许是很少见我这么锻炼的，一些陌生人经过我身边时常问我："为什么不买个电动轮椅？"我往往回答"我是为了锻炼臂力"，并谢谢他们的关心。有的人会若有所思地"哦"一下，然后对我说"真有毅力"。有的路人还会问我是否需要帮助。在有意帮我的人中，既有年轻小伙子，也有打扮入时的姑娘，还有在附近工地干活的工人。也许在他们看来，大晚上一个坐轮椅的人在外面独行，可能是遇到了什么状况。对此，我都会说谢谢，然后说明我是在锻炼身体。一些人知道后，会嘱咐我要当心。虽然没有接受他们的帮助，但我能感受到他们发自内心的善意，我的心里也暖融融的。

一些人总抱怨"人心不古"，"老人摔倒该不该扶"也是如今的一个颇具争议性的话题。但我的经历告诉我，社会上还是有不少好心人，人性中有无私的、大爱的东西。我在外出时遇到过不去的台阶，向路人求助抬轮椅，从来没有遭到拒绝。在内蒙古锡林浩特，一位保安大哥不辞辛苦地把我背上了有着数十级台阶的广场观景台，然后又将我背下来；在河南安阳参观殷墟遗址时，两个大学生模样的女孩主动跑过来抬我的轮椅过门槛；在开封参观包公祠时，一位抱孩子的女士居然要放下孩子，帮我越过障碍；在杭州灵隐寺，一位中年女士与我的家人一起将我抬过寺前那高高的台阶，还连声说自己有力气、自己平时也要推坐轮椅的老公公……遇到这些好心人，我的眼眶不禁发红，我不光看到了许多风景与古迹，更看到了一颗颗美好的心灵。

我不希望"被人盯"，但有时又需要路人帮忙，你会不会觉得我矫情？我不想辩解什么，只想引用2008年北京残奥会时，有关方面对志愿者服务的一些提示——与残疾人沟通不正确的做法是用怜悯的目光注视对方；中度残疾的运动员在室外100~300米距离内基本可以自主转动轮椅行进，他们有较为熟练的操作技术；向残疾运动员提供帮助时，一定要征得同意，这是对被帮助者的尊重。说实话，我有幸去现场观看了2008年北京残奥会开幕式。当时，从地铁里乘坐升降直梯，到出入地铁车厢铺设临时金属坡道，再到如何进入鸟巢以及鸟巢内的座位安置，都有志愿者提供周到服务，令我激动又舒心。我们是发展中国家，对于硬件存在的局限性，我很理解。作为软件的文明意识，能不能被更多人所学习和接受？

大姐话家常

在院子里锻炼时，我还认识了一位大姐。某日我正埋头推轮椅，从身后走来一个女子，她笑着对我说："总看到你在院子里锻炼，今天一定要认识一下你。"突然被陌生人搭讪，我一时没反应过来。但我看她挺友善，随口答应"好啊"。后来我得知，她比我大几岁，在大院里的印刷厂上班，也住在家属区，喜欢在大院里长跑。老实说，我对她没什么印象。这可能是因为，晚上出门天色已黑，我往往闷头锻炼，经过不认识的路人，看不太清也不太注意长相。她告诉我,她每天要跑10公里左右,如果不跑浑身不得劲,还会觉得没完成任务。虽然我推轮椅与人家长跑完全是两回事,在运动强度上也无法相提并论,但我对她所说的"不锻炼身心都不自在"很有同感。于是,我们就聊了起来。从冬天锻炼时穿多少衣服合适,到锻炼后回家须换掉被汗水浸湿的衣服以免感冒,再到锻炼中彼此有没有发觉体力极限,还有吃什么东西能尽快恢复体力,通过这一聊彼此颇感投缘。

由于她是早上跑步,我是晚上推轮椅,后来我们只是偶尔能遇上,但每次碰上都要一起走会儿聊会儿,然后她总是送我到家门口。我邀请她进我家坐一下,她一直谢绝。我发现她是一个开朗的人,在院子里遇到很多我不认识的人她都认识,在和我聊天的同时,她也不忘与其他路人说上几句。后来我知道,在这种开朗的外表下,她也有苦衷与烦心事。她独自带着儿子生活,儿子处于青春叛逆期。据她讲,她的儿子喜欢跆拳道,已经练了好几年,在一些比赛中还得过名次。当妈的自然欣喜,花钱托人要帮儿子进体育类大学,可她的儿子愣说不想练了,是什么原因也不说。后来她的儿子好歹上了大学,又嚷嚷军训太苦、上大学是浪费时间,非要退学,自己混社会。当娘的苦口婆心地劝说,儿子却不听。她说儿子已长得人高马大,外表很有男子汉范儿,可当着老师的面,还是嗲嗲地叫她"妈妈",令老师不禁偷着乐。由于她坚持长跑,身材保持得很好,人显得很年轻,老师初见她和她儿子时,还误以为是姐弟。对这个可气又傲娇的大儿子,她很头疼,似乎束手无策。

面对她的诉说,我更多时候是一个聆听者。我也会回想自己的青春期,试图从旁观者的角度,去理解和感悟她的故事。一个女人独自带着一个男孩的难处可想而知,孩子在单亲家庭成长可能多多少少会有一些缺失,她并没有趁年轻"再找一个",对儿子的顾及何尝不是重要因素?她对儿子没准还有一些愧疚感,教育中是否会有更多的迁就?她说在没有长跑以前,曾经抑郁过,跑步成了她舒缓压力的有效方式。她坚持长跑,尝试参加马拉松比赛,结识新朋友,丰富自己的生活,重新找回了自我。不得不说,生活中有太多东西不能简单地以对与错来评价,生活中的各种因果也不一定以个人的意志为转移。作为局外人,我对她的生活无法妄言。但是,我看到了一位母亲的无奈和忧虑,也感受到了一位母亲对儿子的那份爱。她总是说"我的儿子很善良",我没有问她为什么这么说,因为我知道母爱是能够包容很多东西的。我对她说:"希望儿子在心理上长大时,能够理解母亲的良苦用心。"她笑着说:"但愿吧。"我能感觉到,她会以乐观积极的心态去面对。

走自己的路

透过那位大姐对儿子的爱,我也想到父母对我种种的付出与其中的艰辛。曾经,父母为我的疾病心急如焚,带我四处奔波求医,母亲为了在医院陪护我,睡了数月的躺椅,父亲为我多方筹集手术费,家里曾为此欠下不菲的外债。虽然我大难不死,但现实却远不是"必有后福"那么乐观,父母常年照料我的衣食起居,多年来一直带下肢功能不佳的我在屋里练习"挪步",上厕所时更少不了他们的帮助。父母并不奢望我立业,只求我的身体状况能得以维持,希望我别整天闷闷不乐。这些看似不大的目标,实现起来谈何容易。我能走上写作的道路,固然有一些偶然因素,但父亲在背后花费了多少心血与精力?随着父母一天天老去,他们还得操心我未来的生活该如何安排。我对父母怀有感恩与愧疚之心,我多么希望像身体健全的男子汉那般,承担对父母的照料之责。但现实是,若我能将自己管好,已殊为不易。"心有余而力不足"令我抓狂,有时因为情绪不好,我还向父母发脾气。他们知道我心里的苦,不与我一般见识,忍让迁就着我。待我冷静下来后常常后悔,爸爸妈妈,对不起!

残疾带来的不便、成长蕴含的烦恼、父母衰老的忧虑、情感波动的起伏、工作产生的压力，这一切总是包围着我。有人夸我坚强、有毅力。对此，我只能淡淡一笑。因为我知道，从不幸的罕见重病中幸存下来，上述一切对我和父母就是一种注定。我想摆脱、逃避、蜕变，都是不可能的。命运与人生不可能重来，重病致残产生的"蝴蝶效应"是我必须面对、经历、品味的。我只能一步步往前走，哪怕我看不清前路，但我没法后退，因为没有后路。经历的事、见过的人越来越多，我也开始明白并非只有我一人如此。街头形形色色的路人看上去身体健全，但在他们内心深处，何尝没有不为外人所知的、只有靠自己去扛的困苦？困苦在形式上各有不同，但对人的心灵冲击是相同的。想到这里，我对自己的境况又感到一些释然。或许，每个人应该做的，不是羡慕别人如何好，嘲笑别人如何差，而应当是努力处理好自己的问题，过好自己的生活。

重返北戴河

从6岁到11岁，我基本每年暑假都会和父母去北戴河待几天。这不光是因为北京距离北戴河较近，是北方人游泳避暑的胜地，更是因为我喜欢看海的感觉。小时候不懂形容大海的壮美辞藻，但听到涛声、看到浪花、远眺无垠，既开心又平静是我内心能够感知的。后来我生了重病、做了手术、落下残疾，有近10年的抑郁期，没有出过家门，北戴河游随之中断。这期间，父母曾想带我去海边散心，但我坚决拒绝。我觉得，我不能走路，更不可能游泳，去北戴河干什么，去"丢人现眼"吗？我更畏惧乘坐火车长途出行，出门在外如何"方便"也困扰着我。2004年，我开始写作，有了"正事"可做，心态逐渐好转。在忙碌地工作之后，有了放松的想法，才开始尝试着"走"出家门。一开始只是父母推着坐轮椅的我去家附近的公园"试水"。而后一位亲戚家里买了汽车，带我去北京周边的郊区转悠。再后来，母亲的一位老战友开车带我们全家去了一趟北戴河。依然不适应在外面久待的我，只在北戴河住了一晚，但这次旅行重新唤起了我的看海情愫。母亲为了方便带我出行，在她退休那年下定决心去驾校报名学车，经过数月的学习与考试终于拿到驾照，我家也买了汽车。随后，我的暑期北戴河旅行才在中断10年后真正恢复。

在一次次或短或长的出行中，我也在不断适应外部环境，并要提前为每一次出行做准备，包括生理以及心理上的。最开始出门，我很容易感冒发烧。在烧到39摄氏度、头疼难耐、浑身酸软的时候，我在想这是为什么。很快我有了答案，多年足不出户，使我的身体就像温室的幼苗一样弱不禁风，稍微经受外界的寒凉，甚至是商场与大厦里稍足的空调冷气，都会着凉。吸取了经验教训，我在后来出门时就会比常人多穿衣衫。为了在外面少小便或不小便，在出行前一天，我就开始严格控制喝水量，出门时尽量不喝水。至于"出恭"，我就不多说了。反正，个中的问题与克服，懂的人自然懂，不懂的人可以想象。无论如何，残疾人出行着实不易。为了能看到外面的世界，包括我在内的残疾人只能"拼"。

　　再说我如今的北戴河旅行。除了看海听涛，下肢瘫痪的我能下海游泳吗？答案是肯定的，套着游泳圈呗！如下场景别说在北戴河，就是在世界各地的海水浴场也不多见。父母会将坐轮椅的我推到尽可能靠近海水的沙滩上，虽然轮椅的轮胎陷入沙子中推行困难，但父母还是不辞辛劳地做到。然后，我套上游泳圈，父母在我的左右一人抬起我的一条腿，我则用胳膊钩住他俩的脖子，就像小孩玩抬轿子游戏那样，父母一步步把我抬到大海里，直到海水没过我的腰时，他们将我放开，套着游泳圈的我就浮在海面了。到了海里，我用胳膊像船桨一样划水，就能游起来。旁边很多游泳者与在沙滩上晒日光浴的人惊奇地看着这一幕，一些人还对父母和我伸出大拇指。对此，我不知道应自豪，还是该羞涩，我只知道父母这么做只是为了我。母亲还说过，我们要把那失去的 10 年补回来。但我知道，任何流逝的时光都是弥补不回来的。我并不为曾经足不出户的 10 年感到遗憾，那是属于我的"闭关"，是我必须经历的"涅槃"。对我而言，能够抓住当下，享受当下，已然很知足。能够重新回到大海的怀抱，品尝到熟悉的海水味道，那种难以言表的兴奋与久违的亲切感，让我流下激动的泪水。我怎么也想不到，瘫痪的我还能经历此情、此景、此味……海水的凉爽对我羸弱的体魄终是不小的刺激，下海游泳后的我会有很大概率发烧。但说实话，我还能感受下海游泳，发烧也值！

旅行也是一种阅读

阅读或者旅行，灵魂和身体总有一个要在路上。这句话的大概含意是，人生是经历和感触的过程，要么在书中感悟别人的故事，要么出去旅行亲历世间的万象。

我也算是个写作者，工作就是读别人的作品、写自己的文章。我出门不多，但受益于网络，也知道一些天下事，但这毕竟是听别人转述，总是"坐家"，缺少亲身经历与眼见为实。读万卷书，行万里路，我希望自己也能有一些在路上的机会。

由于身体所限，我要坐轮椅出行，这难免会遇到各种坎。对此，我有心理准备，但碰上难以逾越的甚至是人为的障碍时，还是会有些失落，心中会产生疑问：马路上的马路牙子能不能修成坡道式的？已建成的无障碍设施符合特殊人群的需求吗，能不能请残疾朋友去"验收"？一些新建楼宇并未设置无障碍通行设施，相关建筑规范只停留在书面吗？

有社会学家说过："观察一座城市发达与否，不是看其高楼大厦有多么光鲜，也不是看中产白领过得如何滋润，而是要看残疾人在公共场所的出现频率。"统计显示，我国有8500万残疾人，约占总人口的6%。这之中，肢残群体占多少比例，我不太清楚，但应该不是个小数字。而在公共场所，肢残人群的出现频率很低，这显然是不正常的，却因为"一直如此"而显得"正常"。我国的残疾人融入社会程度不高，恐怕是不争的事实。

一些残疾人有自卑心理，对社会与外界感到胆怯，固然是一种事实。但从另一个角度看，社会有没有为残疾人的融入做好准备？社会不"亏欠"残疾人什么，残疾人也不奢望获得"超国民待遇"或"挑战不可能"，残疾人只是希望被给予相对的出行便利，这不合理吗？在这背后，考验的是社会对残疾人的接纳程度，愿不愿意做一些"与残疾人方便，与健全人也没有不方便"的事情。

吐槽归吐槽，我该出门还是得出门。我庆幸于自己的脸皮练得越来越厚，不怕个别路人投来异样的目光。我要感谢父母，不辞辛劳地推轮椅，一次次带我走过我未曾涉足之地。我更感慨于许多素不相识的好心人，在我的轮椅面对过不去的坎时，善意地伸出援手。正因为有一系列"人性软件"的协助，我才能克服各种"硬件"上的缺失，领略了许多我从未见过的风土人情。我相信世间有好的一面，增强了出门旅行的信心。

当然，我旅行还是要筛选目的地。比如，名山大川是没法去的，这些地方确实没办法实现无障碍。即便是平原地区的景点，也要逐一打电话核实轮椅游览是否方便。说实话，许多著名景区不得不被剔除，我能去的景点比较有限。国内尚且如此，出国旅行的难度更不用说。我对此多少会有遗憾，但我觉得不能气馁，能去哪里去哪里，能看多少是多少，需要放平心态。

我不是一个喜欢写游记的人，那会影响我的游览心情，我会觉得是带着"任务"去旅行，我只想放松心情去感受一些东西。而且我觉得，但凡知名景点，均不乏文人墨客写过各种"游后感"，我不认为自己能写得更好。但这不意味着我"光玩不写"，我喜欢自然流露的东西，在日后的笔耕中，会加入曾经的游览心路。

去年年底，我和父亲外出时偶然在一家残疾人用品商店看到一款轻便型电动轮椅。回家商量后，父母将其买下来作为我的生日礼物。买这台电动轮椅，不意味着我将停止推手动轮椅锻炼，而是我也有路途稍远的、靠臂力推行所不及的外出需求。有了这台电动轮椅，我立刻独自"开"着它去了附近一个公园。途中，我可以自如地上坡与下坡，能在自行车道里穿行，能从容不迫地过马路。在公园里，我四处看风景，舒服地晒太阳，感觉自在又惬意。我在家时与锻炼时仍坐手动轮椅，"长途外出"开电动轮椅，两台轮椅各有各的用处，我的自由活动范围进一步扩大。

在推轮椅的路上，我有时会感到筋疲力尽，但绝大多数时候，只要再坚持一会儿，或稍微喘息再继续，那种"瓶颈"感就会过去。人生的道路是否也是如此？在黑夜中，一个推轮椅的独行者的背影，或许会让旁观者感到一丝孤寂。但，这就是我的生活。我的心中有一盏灯，它指引着我向前路而行。我不知道我的轮椅之路还要推多远，我只是知道，我会一直向前，一直推下去。

·生命是劫后重生的奇迹·

附：

内心盛开幸福之花

工人日报记者　罗娟

去蒋萌家采访的时候，他家里养了10多年的两只小乌龟死了一只，还有一只也生病了，蒋萌妈妈听到心爱的乌龟的"叫声"特别着急。蒋萌通过网络提供的知识"诊断"乌龟得了肺炎，开出"药方"让妈妈买了药和工具，小乌龟捡回一条性命。

蒋萌还实施了一个出门计划，一年多下来，他把北京轮椅能够方便进入的公园逛了个遍。"以前没有逛公园的习惯，但现在，我努力让自己像健全人一样生活着。"

蒋萌爱去他认为有内涵和修养的"皇家园林"，而很多时候，这些园子里都"游人众多"，细心的妈妈想让儿子好好享受这难得出门的时光，退休在家的她劝儿子选择非周末人少的时候去。蒋萌不同意，"既然人家工作的时候我工作，那我休息也是人家休息的时间"，"跟大家一致"让蒋萌觉得自己看别人是平视的。

"我有过不幸，但我没有陷入痛苦的恶性循环里。我掌握了自己能掌握的人生部分,工作对我来说就是意义,就算我对社会最好的参与和最大的贡献。"蒋萌说这话的时候,记者能感受到他内心盛开的幸福之花。

拥有可以穿越一切的翅膀

人民日报记者　李鹤

浓眉，大眼，一张因不常出门而稍显苍白的脸，时常挂着阳光的笑。只是陷入深思时，分明的棱角更显出坚毅。

轮椅上，瘦小的身体里似乎有着惊人的力量，让他创造了一个又一个奇迹。

奇迹背后，是一个个或辛酸，或感人，或震撼的故事，是一个青年与命运抗争，走出迷茫，找到方向的自强不息之路。

27岁的蒋萌给自己的博客起了个诗意的名字——"下辈子长翅膀"，美丽而略带伤感。残疾的双腿将他困囚于小屋，可是，他却有着比常人更高远的眼光、更坚强的心灵。其实，这辈子，他已经拥有了可以穿越一切的翅膀。

第六章

永远情分

岁月流逝，人世沧桑。儿时的伙伴，不离不弃，异姓兄弟，异性朋友，一世缘分；写作创作路上的师友，提携帮助；相识相知的女友，开启情感路程。亲情友情，像阳光雨露一样滋润着一棵嫩弱的树苗，历经苦难，风雨30年，终成乔木。

/ 生命是劫后重生的奇迹 /

异姓兄弟——乐乐

由于身体原因，我基本深居简出，虽然与同事有日常交流，但往往是通过虚拟的网络，少有面对面的接触。加之，人与人之间常有某种看似礼貌实则戒备的东西，所以我没有太多真正意义上的朋友。

什么是真正的朋友？我觉得，真正的朋友未必时常混在一起，但在一方有需要的时候，另一方就会出现。真正的朋友不会有生分的感觉，可以没有顾虑地拨通对方的电话，登门造访时自在随意。真正的朋友可以畅所欲言，但又不会去"挖"对方心底里的小秘密。真正的朋友没有利益与血缘关联，但双方有种无法言表的情谊，会为彼此在心底留出独特位置。上述状态不是刻意打造的，而是日久天长形成的默契。幸运的是，我有这样一位朋友。

婚礼祝福

这些年,我参加的唯一一场婚礼就是这位朋友的。婚礼前几天,我感冒发烧,一度担心能否按时出席。婚礼当天清晨,我不停地出汗,但体温终于正常。我知道,这是身体在"散热",已无碍去参加朋友的婚礼。

父母和我早早便驱车前往近郊的一处农庄。签到进入,发现那是一处颇具田园风情的场所。往里走,看到婚礼将在水畔的一间木屋内举行,木屋的地上铺着洁白的地毯,两旁的座椅上插着一束束鲜花,会场正中央有一个讲台——显然,那将是新人交换信物、致辞之地。婚礼现场肃穆圣洁,我的精神为之一振。

距婚礼还有些时间,我和父母在周边转了转。婚礼现场的另一侧有几间木屋,透过窗户,我看到一位身穿白纱、面若桃花的女孩正在屋内化妆。她也看到了我,微笑着向我招了招手。此前,我并未见过朋友的未婚妻,她也没见过我,但我们知道对方的存在。她看到婚礼现场唯一坐轮椅的人,我看到婚礼现场唯一的新娘,彼此已心领神会。我也向新娘微笑致意。

不一会儿,本场婚礼的新郎,也是与我从小一起玩到大的好友——乐乐笑嘻嘻地走来。这家伙穿着一身笔挺的银灰色西装,一副意气风发、喜气洋洋的样子,真是大喜之日的新郎官!我对他说"今天好帅啊"。他回答"哪里哪里"。婚礼筹备忙忙碌碌,我与乐乐寒暄了几句,就让他忙别的去了。此后,又见到了乐乐的父母,他们是看着我和乐乐一起长大的,彼此再熟悉不过,我除了衷心道一声"恭喜",实在无须更多的客套。儿子娶媳妇了,爹娘自然喜笑颜开。他们说,婚礼都是由儿子乐乐与儿媳妇娜娜自己操办的,没有劳烦他们。看得出,二老沉浸在高兴与欣慰中。

在婚礼进行曲的演奏中,婚礼正式拉开帷幕。娜娜挽着乐乐的胳膊在众亲友的掌声与口哨声中缓缓步入婚礼现场,二人的脸上洋溢着幸福的笑容。婚礼没有俗套的主持人,而是由亲友上台致辞串联起来。先是由乐乐的一位同学介绍新郎与新娘。我这才知道,他们是高中同学,经历了10年的爱情旅程,有情人终成眷属。乐乐的保密工作做得好,那位同学也是偶然在街上遇到二人"轧马路",才知道他们是一对。至于乐乐的父母,则是乐乐与娜娜商量好要结婚,娜娜才被领进门,二老才得到"报告"。然后,是乐乐介绍与娜娜的罗曼史,他们跨越了高考后彼此奔赴不同大学的障碍;在乐乐留学英伦时,彼此相距万里通过网络与手机短信互诉衷肠;乐乐毕业回国工作又被外派瑞典,仍不能阻隔他们的相思。感慨于这对高中恋人一路携手修成正果,赞叹这份感情的纯粹与持守,我在心底衷心为他们送上祝福,也为"发小"乐乐有此良缘感到幸运。接下来,乐乐的父亲致辞,在说到愿这对新人创建"和谐家庭"时,台下亲友发出善意的笑声。最后,新人交换结婚戒指,在众人的叫好与欢呼声中深情拥吻。场面美好而温馨,那一瞬间,我的眼眶微微湿润。

婚宴就在水畔的一排木屋中举行,新人穿梭于各桌频频敬酒。婚宴现场还有一块大屏幕,播放了乐乐的姥姥和奶奶从老家太原发来的视频祝福,还以幻灯片的形式分别放映了乐乐与娜娜的成长照片。看到一张张乐乐儿时的照片,我的思绪也被带回了我们的童年。

亲密发小

从上幼儿园开始,我和乐乐就是同班小伙伴。我们一起玩耍、一同吃饭、一起午睡、一同排练和表演六一儿童节的节目。我们的父母在同一个单位,我们住在同一个家属区,回家后,我们还能相互串门。幼儿园时期,乐乐总去太原的爷爷奶奶家与姥爷姥姥家,一去就是好久,等他回北京后,我们再见面也不会生分。上小学我和乐乐又是同班同学。乐乐很机灵,一直是老师眼中的好学生,他是班里第一批加入"童花团"以及少先队的孩子,后来还当上了中队长与班长。

乐乐的父亲曾被单位派往国外学习并引进先进技术,乐乐家给我的感觉也很"现代化"——很早就铺上了地毯,还有当时只有出国人员才能买到的直角平面电视机与组合音响。去乐乐家能光着脚在地毯上走,可以坐在地毯上玩,我觉得新鲜又自在。乐乐的父亲回国后,送我一支外国自动铅笔,每按一下笔的后部,笔尖就会冒出一节铅笔芯,让还在用转笔刀削铅笔的我感觉很新奇。乐乐的父亲还从国外带回来能爆米花的玉米粒,把玉米粒放在油锅里炒,盖上锅盖,就会听到玉米噼里啪啦炸裂的声音,不一会儿爆米花就做成了,使只见过马路边手摇转炉爆米花的我大开眼界。

我们的父母也相互带我们。一次,我的父母中午有事不在家,我就被托付给乐乐的母亲,她带我和乐乐去单位食堂吃饭,饭后去乐乐家午休,乐乐的母亲还打开组合音响放交响乐给我俩听,我也"高雅"了一把。乐乐的母亲还教我们英语,布置作业定期检查。还有一次,我的父亲要带我去公园捞小鱼,问我要不要带乐乐一起去,我就跑到乐乐家去问,乐乐自然乐意。在公园的湖畔,我们在纱窗编成的网兜里放上馒头,把网兜沉入湖里,等到小鱼游进网兜里吃馒头,我和乐乐就迅速提起网兜,小鱼就被抓住啦。父亲还给我和乐乐买来冰棍,我们坐在湖边的柳树下,水面吹来凉风,吃着冰棍,捞着小鱼,惬意又开心。

乐乐很喜欢看书,他常到我家看书。乐乐不仅看《上下五千年》这类谈历史的书,还看我父亲的武侠小说。他看书时用"津津有味"来形容仍不贴切,他的专注表现为,别人在一旁叫他,他都不答应。他究竟是没听见,还是虽然听到却不愿意从书里"走"出来,我不好说,也没问过他。上小学的孩子看武侠小说合适吗?我的母亲曾向父亲提出这个问题。父亲觉得乐乐正在看的武侠小说没有"少儿不宜",但什么事太入迷也不好,而且眼睛疲劳影响视力,所以和乐乐说少看点。乐乐嘴上说好,但下次来我家,还是会拿起没读完的武侠小说继续看。见他实在想看,父亲也没太阻拦。

虽然我小时候也喜欢看书,还订阅了《童话大王》《故事大王》,但我所看的书在"深奥度"上远不及乐乐。乐乐读书多,口味更"成熟",使他的知识面更丰富。有一回语文老师提问,谁知道"事半功倍"与"事倍功半"的意思,全班只有乐乐一人举手并回答正确,包括我在内的其他同学则面面相觑。乐乐受到老师表扬,我当时想这就是读书多的益处吧。

我和乐乐也会一起运动。我俩总踢二人足球，就是一个人守门，一个人往门里踢球，过一会儿轮换角色。所谓"门"，就是找堵墙当"网"，在地上画出"门框"。我们互称"马拉多纳""贝利""贝肯鲍尔"等。这固然是瞎踢，但我们踢得满头大汗，玩得不亦乐乎。乐乐还和我打乒乓球，我们没有正规乒乓球台，就到一个水泥台上打，在中间摆一排砖头当"网"。乐乐总喜欢用一只看上去很旧的乒乓球拍，他说那是他父亲小时候参加乒乓球赛得冠军时用的，他觉得用那个拍子能带来好运。我在一篇儿时的日记中，记录过一场和乐乐打的乒乓球赛，我先丢两分，后扳回两分，经过一番"拼杀"，我最终获胜，得意又高兴。

　　玩闹总是互有"胜负"，纷争吵闹相信也曾发生在我和乐乐身上。但我现在想不起来和乐乐曾有什么过不去的"节"，这或许源于孩子之间的打闹过一会儿就过去了，但更重要的原因是，我和乐乐是好哥们儿。

　　好哥们儿不是光在嘴上说，而是一种情分。小时候，我们不懂情分是什么，但我们知道，放学后可以随意去彼此家，玩彼此的玩具，看彼此的书，吃彼此的零食。踢完足球、打完乒乓球的夕阳西下，我们勾肩搭背地往回家的路上走，分手时确信明天还会相见。我们还曾是"难兄难弟"。我讲过自己参加学校"军乐团"的事，与我一起被班主任动员、有些投机性地参加"军乐团"的还有乐乐。我们一起被"塞"进打击乐组,我敲大鼓,他打大镲,主管"军乐团"的老师对我俩的态度都不太友善……共同度过年少岁月,具有种种难忘经历,"发小"二字意味何其深长。

不离不弃

我生重病后,乐乐与我的联络和友谊并未中断。我必须说,这主要是源于乐乐的主动,他没有丢下我这个小伙伴。生病不光令我出门困难,还使我产生自卑与消极情绪,我是不会主动和以前的同学联系的。而乐乐常常利用休息日与假期来我家看我,或与我讲学校和外面的新鲜事,或和我玩会儿游戏机,他还会给我带小礼物。乐乐依然找我玩,在一定程度上转移了我对病痛的注意力,让离开学校的我觉得自己还有好朋友。

1994年我去上海做手术,半年后才回京,乐乐闻讯跑来看望我。看到已升入初中的乐乐长高了,更像个男子汉了,我却下肢瘫痪,不得不卧床,无法再返回学校,我心中的落寞与苦楚一言难尽。但是,乐乐的真挚、对我的关心,又是我能感受到的。幸亏有像乐乐这样的朋友,幸亏有这种"不离不弃",我孤独的内心才没有进一步封闭,我与同龄人的世界仍保持着某种联络。

那时候,网络还没进入家庭,"网购"更是没影的事,我获取外界信息的渠道很有限,而且只是单向接受。乐乐不时来我家,不光带来我感兴趣的报纸杂志,我想要的东西也可以让他帮我去搞。那时流行的电脑游戏《仙剑奇侠传》《金庸群侠传》都是乐乐给我找来的,"破关秘籍"更少不了他的贡献。我还学着自己攒了第一台电脑。我去不了电脑配件卖场,负责跑腿的"买办"非乐乐莫属。攒的电脑频繁死机,换配件的重任、与商家直接"交锋"还是落在乐乐肩上。换来换去,我都不好意思了,正忙于为出国留学做准备的乐乐却没有怨言。

越洋电话

乐乐出国当天,还跑来和我道别。我们知道这一别就是一两年难以再见,但"保重"这样的话又太空洞。乐乐在我的床边坐了一会儿,我觉得我们的心里已有某种安然。乐乐去国外几天后,给我打来越洋电话报平安。我能听出他是在类似公用电话的地方说话,他的声音有些急促,能感觉到初到国外的忙乱。不久,乐乐的母亲来我家,听说乐乐给我打电话还有些"吃醋"。因为,阿姨只在乐乐抵达国外当天,接到过儿子的电话。

面对我知道的乐乐的情况比她还多,当母亲的难免嗔怪。

  在乐乐出国留学第一年的元旦,我又接到了他打来的越洋电话。与其说这是表达新年问候,倒不如说是思乡的表露。电话中乐乐的声音有些低沉,他刚与舍友聚会完,感觉有些微醺,这种状态下,似乎更能吐露心中情愫。我知道他那年春节不能回国与亲人团圆,我能够想象初到异国的他既要过语言关,又面临学业压力,还要学会独立,料理衣食住行。这一过程必然有困扰和难耐,但也是成长必须经受的考验。那天,我和乐乐聊了很久,但没有谈及远大志向,也没触及他乡不易,只是聊些生活点滴,这也是平淡是真吧。乐乐在国外拿到硕士学位后,没再攻读博士学位,也没在他乡寻找机会,而是很快回国找工作。他说"读死书没意义,浪费爹妈的钱"。而在我看来,他乡终是他乡。后来我得知娜娜的存在,这显然也是重要因素。

分享快乐

  工作后的乐乐还是会抽空来看我。他在一家做手机的外企工作,能接触到很多最新款的、还没上市的手机,他不时拿来让我把玩一下,感受最新"黑科技"。他们公司对员工购买自家手机实行内部价,他还帮我低价搞了一部。我们聊的话题也更宽泛，从国际舆情，到国家大事，再到市井现象，神侃之余，不乏观点碰撞与思想交汇。由于工作渐忙、琐事更多，他来我家的次数少了，但每次来都和我待几小时，赶上饭点就在我家吃饭，母亲也会多弄俩菜。

关于乐乐有没有女朋友，我没有问过他，他也没有和我说。但他来我家时，偶尔手机发出信息提示音，他面露喜色地看下，迅速地简短回复，然后像没事人似的继续和我谈天说地。看到这种情况，我心里大概就有数了。他没和我说，也许是害羞，也许是觉得我没有女朋友，所以不刺激我。既然如此，我也装傻，该揭锅时自然明了。果然，在一段时间之后，乐乐和他的母亲一起登门，这个"组合"比较少见，他们是来给我和我父母送婚礼请柬的。乐乐的母亲向我们介绍了未来儿媳的基本情况以示郑重，女孩是学中医的，在同仁堂工作，是单位的青年骨干。我想，这小子的终身大事终于"落听"，不由得为乐乐高兴，前面所述的婚礼场面由此而来。

婚后，乐乐和妻子娜娜一起来看我。他们假期出去旅行，回来后给我看在异域拍的照片，讲述异国的风土人情，还给我带"土特产"。看到他俩很幸福，我也很欣慰。他们专门来看我，我也不会像"电灯泡"。前两年，我身体亚健康，一度持续发低烧。乐乐与娜娜闻讯赶来，得知我想找中医调理，学中医的娜娜说,她有位师姐是坐堂的中医大夫,推荐我去那位大夫处瞧病。为此,乐乐和娜娜每周末开车带我去看中医,由于他们与大夫相熟,大夫给我号脉开药格外认真。服药调理后,我的亚健康状况极大改善。我没有特别向乐乐与娜娜致谢,情谊难以言谢。

近几年雾霾越发严重,我本来没有特别重视,乐乐却在2015年我生日时送我一台空气净化器,不仅能过滤PM2.5,还能除异味和杀菌,他说这事得上心,还给我发来科普文章。这份礼物价值不菲,但更让我感慨的是乐乐的细心以及对我的关心。

2016年年初,乐乐和我说娜娜有喜了。岁月如梭,我们已过而立之年。乐乐曾说,我们这代人成熟得较父辈们晚,他不希望在自己没有准备好的情况下做没有准备的事。娜娜有喜是在他们二人计划好后实现的,乐乐显然已做好为人父的准备。2016年年底,一个新生命降临到乐乐家。在闺女降生的当晚,乐乐给我发信息报喜。我在恭喜千金到来的同时,也在字里行间感受到了乐乐初为人父的喜悦。乐乐还给我发来女儿的初生照,附言"给干爹看"。我突然却又在情理之中地当上干爹,心中不由得涌起对这个小生命非同一般的欢喜,也体味到乐乐的良苦用心。

陪伴是最长情的告白。我觉得,这句话不单单适用于情侣。

在我 30 多年的人生经历中，能一直陪伴我的友人，乐乐排在首位。这份友谊经历了岁月荏苒，在情形变迁中不曾改变，如一坛陈年美酒积淀沉香。能有乐乐这样的异姓兄弟，是我的幸运。人生得一好友，足矣。

乐乐，大名郝药乐。母亲姓郝，父亲姓药。

异性朋友——晶晶

每个人的成长过程中，或多或少会有异性朋友。有人觉得异性朋友是个"敏感话题"，有人干脆宣称"没有纯粹的异性朋友"。这种说法是不是武断，见仁见智。我想说，在复杂的社会里，终有本真的东西。尤其是小男孩与小女孩的纯真无邪，在我们成年后回味，更显弥足珍贵。

久别重逢

2013 年 9 月，我萌生了利用年假去大连旅行的想法。坐轮椅出行的我不免要带杂七杂八一大堆东西，由家人开车自驾游是最方便的选择。北京到大连的距离有 800 多公里，对于长途驾车，年过六旬的父亲一开始并不同意。而且，他觉得在大连人生地不熟，再带上坐轮椅的我，心里更没底。我不得不想辙并说服他。我约上了堂哥与他的小女儿和我们同去，这样多了一个会开车的司机与能抬我上下的帮手。另外，我想起与我一起长大的好友晶晶恰好定居在大连，立刻与她联络。晶晶听说我要去大连玩，非常欢迎，还主动跑到我在网上看好的公寓式酒店，实地查看有没有方便轮椅进出的无障碍设施，是否提供停车位，可否开火做简单的饭菜，等等。将这一切落实后，父亲不再反对，大连之旅得以成行。

经过 11 小时的长途行车，我们终于抵达大连，晶晶已在酒店门口笑盈盈地等候。一头短发、穿着短袖衫的她显得很干练，抢着帮我们提行李，麻利地带我们去办住宿手续，还说已安排好晚饭为我们接风。我在感慨"他乡有故知"之余，不禁又琢磨，这还是我认识的那个内向柔弱的小姑娘吗？这只是一个闪念，我知道晶晶已是当妈妈的人。她和老公都在美国获得博士学位、历练了 10 年，作为青年学者分别收到国内一流科研机构与大学伸出的橄榄枝，回国报效。想到这些，面前的晶晶显得既熟悉又陌生。

吃饭的地方位于大连著名的星海广场，晶晶的老公已在饭店占位并等候。这是我第一次见晶晶的老公，这位仁兄个子挺高，身材匀称，戴着一副眼镜，显得文质彬彬，又有股憨憨的劲儿,初次接触便给我留下了厚道与实在的印象。饭桌上都是海鲜大盘,让我深深感到晶晶夫妇的盛情。席间,我与晶晶聊了聊彼此的近况。她谦虚地说自己当大学老师"战战兢兢",唯恐"误人子弟"。我知道,肚子里有墨水的人反而会谦逊,负责任的老师不会怠慢学生。

晶晶还给我列出了一串景点名录,告诉我海洋馆只去一处较知名的即可,沿滨海路驾车可观赏美丽的海岸线风光,去旅顺的路上可以在一处大排档吃到平价海鲜……如此细致的提示,实际已为我规划好游览日程。在游览的几天里,晶晶和我没有见面,但她会不时发信息问候,让我有事随时找她,这实在很贴心。

在离开大连的前夜,晶晶夫妇带着他们的宝贝女儿来酒店看我们。小姑娘长得白白净净,一双大眼睛忽闪忽闪的,甚是可爱。她很害羞,总往妈妈的身后躲,晶晶也说闺女不爱说话。从小姑娘身上,我倒是看到了晶晶小时候的影子。谈笑之余,我们一起合了影。分别时,我对晶晶说,你们一家来北京时,一定让我尽地主之谊。晶晶笑着说"一言为定"。

回京不久,晶晶告诉我一个喜讯——她又怀孕了!她说我去大连时,她还不知道自己又有喜了,她说我的前往给她带去了"好运"。我知道自己不是"送子观音",但能感受到晶晶的那份喜悦,我也真心替她高兴。后来,晶晶生下了一个男孩。儿时的玩伴,曾经的小女孩,如今儿女双全,让我不由得心生感慨。

柔弱小姑娘

我从幼儿园开始就认识晶晶。在幼儿园里,一般是男孩和男孩玩,女孩和女孩玩,互不交集。我和晶晶也没有一起玩过,她给我留下的印象是内向得有些胆怯。我父亲回忆说,他到幼儿园接我时,常看到晶晶独自在角落里拿着小玩具喃喃自语,这个柔弱的小姑娘让人心生怜爱。

上小学时我和晶晶又是同班同学,她是个听话且内秀的孩子,学习成绩很好,不惹是生非,自然受学校老师喜欢。晶晶的父母都是知识分子,而且英语说得很棒,所以晶晶的英语从小就很好。晶晶、我还有乐乐是不折不扣的发小,晶晶的父母还会把我们几个聚到一起教我们英语。二年级的时候,晶晶的父亲被单位派到国外,晶晶的母亲随往,晶晶就被托付给了乐乐的父母照料,在乐乐家住了一年。晶晶的父母是怎么考虑的,他们在工作与女儿之间经历了怎样的思想挣扎,那时还是孩童的我自然不清楚。但联想到我在1岁多时被奶奶背回重庆老家,在农村生活了一年多,其间也没有见过父母,我想"家家有本难念的经"。更让人敬佩的是乐乐的父母——照顾一个小女孩的生活还在其次,其中更蕴含着沉甸甸的责任。乐乐的父母不会想不到这些,但他们没有推辞,善良与仁厚可见一斑。

晶晶住到乐乐家,我常去找乐乐,还有一个叫佳佳的女孩常去乐乐家找晶晶玩,我们还一起上学,真是天天"混"在一起。那时候,学习压力不重,生活条件不差,同龄玩伴不缺,孩子本该无忧无虑。但是,本就内向的晶晶会在不经意间流露出一丝忧伤。在如今的我看来,这不是出于乐乐的父母照顾不周,也不是因为乐乐欺负了晶晶(事实上,大人们常说男孩子应该让着女孩子),更可能的缘由是晶晶想念自己的父母。别的小朋友都可以和自己的爸爸妈妈待在一起,为什么自己不可以?这样的追问难免会萦绕在一个8岁小女孩的脑海里。小男孩不懂什么是怜香惜玉,我和乐乐真应该给晶晶更多关爱。一年后,晶晶的妈妈回国,晶晶也回到了自己家。现在回想起来,正因为有这一年的独特缘分,使我们几个小伙伴的关系不同于普通同学。

五年级暑假我被查出重病,之后父母带我四处寻医问药,还去上海做了三次大手术,有近两年时间与晶晶少有联系。晶晶在这期间,被保送至我们区唯一的市重点中学。我手术后回京,父亲给晶晶家打了电话,晶晶闻讯后来家里看我。坦白地说,晶晶的到来对我的刺激非常大。这既是因为晶晶上了重点中学,我却因病致残无法再回到学校;又缘于小时候的我长得又高又壮,本来是副小小男子汉的模样,但命运突变,使我瘫痪在床,而晶晶却从一个娇小文弱的小姑娘,长成一个亭亭玉立的青春美少女。这种强烈反差、这种视觉与心理冲击实在太大,我无法表述当时的尴尬。我只是在应承着,支支吾吾着,如果有一条地缝,我恨不得立马钻进去,严重的自卑心理让我难以自拔。当然,我知道我心理上的窘况与晶晶一丁点关系都没有,晶晶是好心好意来看望我。那么,是不是该怨我自己,但我又招谁惹谁了?晶晶走后,我的郁闷、困惑、难耐,转化为一滴滴泪水,转化为向父母乱撒气……

英语老师

手术后的一年里,我的心理既消沉又闲得发慌,我有大把的时间,却不知如何打发。日子还得过下去,总得找点事情做,后来想到自学英语。然而,语言毕竟千变万化,光靠教参与磁带这些"死"的东西,提供不了全部答案。此外,学语言离不开对话交流,而我的父母不会英语。我很快明白,除了自学,还得找"明白人"问。

当时正值暑假,晶晶得知我自学英语,主动来家里教我。

我对此感觉比较复杂——一方面，我知道自己确实需要帮助，而晶晶是最熟悉我的朋友，她主动来帮我，这是多么好的一件事；另一方面，我有自卑心理，哪怕是面对曾经最熟悉的朋友，我也感觉不自然；再者，我们都十四五岁了，我已懂男女有别，卧床的我免不了要"方便"，这该如何克服？晶晶会不会尴尬？在纠结复杂的心态下，在没有更好的办法面前，我接受了晶晶的好意，决定试试。

过程比我想象的顺利。与晶晶实际接触后，儿时那种熟悉的感觉又回来了。她是一个不像老师的老师，同样是学生的她会从学生的角度，给我讲我不理解的问题，这种方式不仅亲切而且易懂。她或许没把教我当成一个"任务"，而是在这一过程中，她顺带着复习自己学过的知识。由于没有距离感，氛围比较轻松，我的学习积极性进一步增强。关于"方便"的问题，我会红着脸提前和晶晶说一声，她要么扭过头自己看一会儿书，要么先到另一间屋里待一会儿。我没好意思问她是怎么想的，但从她若无其事的表情，从她没有找理由不来我家，我想她肯定理解我的难处，她没有表现出任何不悦，印证了她的心地是多么善良。有这样的好朋友，有这样难得的机会，我能不好好学吗？

假期终归是短暂的，步入高中的学生学习压力可想而知。

虽然晶晶没法再来我家教我,但我仍然可以向她求教。她和我约好每周末通一次电话,我把一周里遇到的不懂的问题一并向她提出,她逐一解答。一周接着一周,这样的请教持续了三年。在晶晶备战高考的冲刺阶段,她依然没有忽略我,而是把这件事交给了她的母亲,让她身为英语老师的母亲为我答疑解惑。那几年里,晶晶的父母没干涉过女儿与我的交往,晶晶的无私与爱心何尝不源自父母的教育与支持?有晶晶这样的好友,真是我的幸运。

英文传书

晶晶考上了上海一所著名高校,她去上海读本科的四年里,我和她一直保持着书信联系。我们不再"问与答",而是聊彼此的近况、学习、生活。信都是用英语写的,在某种程度上,这是晶晶在继续帮我,让我练习用英语交流,她还会指出我的用词不当与某些"中式英语"。选择写信是因为,那时候我们没有手机,微信更没有诞生;虽然已有网络与电子邮件,但大学生上网要去校内网吧、按小时收费,并不方便。我们大概一个月通一次信,一封信从寄出到收到大约要两天。这种在现在看来有些"原始"的交流方式,却让我们在落笔时有更多的思考,对彼此的回信也比今天等待微信回复有更多的期待。

　　信中，成绩优异的晶晶表示自己有愧于拿奖学金，因为她看到一些同学不仅学习好，还参加社团活动、做兼职工作、学课程范围之外的知识；她对一些大学老师不是靠好好教学生，而是仅靠论文"上位"颇有微词，对自己的母校表达"爱之深责之切"；她提到与同学相处有温馨也有不悦，扭伤时得到同屋姐妹照料令她感动，个别人自私不顾别人又让她失望；她欣喜于猛背英语单词后英文阅读能力提高，又坦言面临 GRE 考试压力袭来；她讲述了通过选拔成为重大活动的志愿者很自豪，又吐槽活动组织者的官僚与低效；她还讲自己为一些事哭泣，渴望变得更坚强……从一封封信中，我看到了晶晶的成长，为她的成绩高兴，感受到她的困惑。通过她的视角，我对大学与社会有了更多了解，知道了同龄人在想些什么做些什么，甚至多少了解了一点女孩子的心思。这对我的成长何尝不是大有裨益？翻看这些写于 10 多年前的信件，一些情景重新浮现在我的眼前，仿佛只是昨天才发生的事，但转头看我与晶晶一家人在大连的合影，又意识到岁月的车轮在不停歇地飞速转动，我们已不再是昨天的我们。

互称老友

后来,晶晶前往美国留学,在美国获得博士学位,收获了爱情,有了小家,生下一个可爱的女儿。这期间,我与晶晶依然有联系,但由于相继迈入社会,彼此有更多的琐事,联络的频次少了。这种变化恐难避免、身不由己。但在一些关键节点,如晶晶结婚、生娃、回国工作、每年彼此生日与逢年过节、我去大连旅行等事情上,我们一定会告知彼此。我们互称"老友",在老友之间有某种默契,会牵挂对方的喜与愁,能理解对方的难言之隐,会为对方送上真挚祝福,也会提供力所能及的帮助。

在不同的人生阶段,我们会遇上不同的人,那些人会陪我们走过一段旅程,陪伴之旅或长或短,未必以我们的意志为转移,未尝不是一种命运的安排。那些人在我们的生命中留下或深或浅的印记,对我们产生或微妙或深刻的影响。我们之所以成为今天的我们,与曾出现在我们身边的那些人休戚相关。感谢昨天,感谢青春,感谢晶晶。

我一路磕磕绊绊地"走"来,遇到许多"贵人",有儿时与少年时的好伙伴,有救我性命的医生,有助我走上写作之路的老师,有令我比以前更成熟的友人,有帮助并宽容我的单位同事与领导,还有一直陪在我身边的父母与亲人……往事并不如烟，我将继续前行，也不会忘记自己从何处"走"来。

晶晶，芳名：张晶。

面对牵手随缘分

不少亲朋与老师关心我的"个人问题"。他们希望我能找到属于自己的幸福，希望有一个女孩能陪伴我走向未来的人生之路。他们知道我的状况特殊，给本就复杂的婚恋带来更多不确定性，所以在提及有关话题时比较婉转，担心说得不妥当增加我的烦恼。

我也交往过彼此有感觉的女孩。一开始，心中确有"小鹿乱撞"的悸动，在确认彼此心仪后，兴奋劲令我夜里睡觉都会偷笑。女孩的举手投足、一颦一笑，都令我着迷。那段时间，我身边的一切似乎都变成彩虹色。

我也因此改变了不少，主要体现在自理能力上。以前，我在生活中更多依赖父母，既缘于习惯成自然，也出于我的惰性。但面对喜欢的女孩，面对她的鼓励与激励，无论是出于男人的自尊心，还是想到未来的生活，我都有了提高自己生活能力的想法。比如，以前我常常半躺在床上、在床头桌上写东西，后来我改为坐在轮椅上、在写字台上写东西，这不是单纯的写作地点的改变，而是白天基本"离床"令我在屋内的活动范围更大、时间更长。进而，我开始做刷碗、洗内衣、擦地、刷厕所这些家务活，这些事以前我不做。我觉得，我还可以学着做点饭，我上小学时就炒过鸡蛋。我还会自己出门推轮椅，既是锻炼身体，也是为了提高独自出行的能力。总之，我的行动力有提高，想得更长远，比以前成熟。

但是，一些问题我无力扭转。比如，女孩面临亲朋的反对。她愿意和我交往是因为有情感，暂时忽略了我身体的不便。行动上受限，可不可以用其他方式"代偿"？我做过这方面的尝试，一度很卖力地写稿子，希望在工资以外多赚些外快，还曾在外地买了一套小房子用于投资，等等。我想让她看到我的努力，增强对未来生活的信心。但努力归努力，缘分归缘分。

很多时候，男女的情感以及分合不能简单地以孰对孰错来评判。唯一能够确定的是，透过一些经历，我们会对自身有更清晰的认识，包括自己的短板与不足，知道哪些需要改进，明白哪些无法克服，越来越清楚自己需要什么，什么适合或不适合自己。

我希望愿和我携手的她有一颗稍强的内心，能够感知我的真心实意，有勇气陪我去经历生活中的风风雨雨。我知道这是可遇不可求的，我没有理由要求任何女孩这么做。如果这件事能够实现，只能是出于我更有担当以及女方的选择。我清楚自己的状况，但我不再自卑。因为我知道，某些人身体没有缺陷，却在其他方面存在问题。人无完人，我并非完全没有可取性。

我会耐心地等待合适的另一半，但我很清楚自己的状况，所以我心存希望却不会有奢望。我不会将所有婚恋困难都归咎于残疾，但残疾确实具有持续终生的负面涟漪效应。既然我的生活中已有许多"不能"，再多一个"婚恋坎"也很正常。哪怕我不情愿，还是会像许多不得不接受的事情那样去接受。我有这个思想准备，会淡定面对。

梦想还是要有的，万一实现了呢？我知道万一意味着什么，我也知道梦想是一种权利。

附：

最爱的人

华夏时报记者　王青笠

蒋萌每天要扶着家人在屋子里走上一两小时，这对他的身体来说是必需的锻炼。

当初玩电脑的时候他就不喜欢麻烦别人，现在也一样，即使被麻烦的人是自己的父母。

采访期间蒋萌的妈妈一直坐在旁边，说起儿子就高兴，有时还补充两句。蒋萌静静地听着，和自己记忆不符的地方就纠正一下。这平常不过的家庭气氛乐观而融洽，很容易想到蒋萌能够有一个平和稳定的心态，来自父母的力量是不可缺少的支点。

就像蒋萌在书的后记里写的：父母是我最爱的人！

一份珍藏 19 年的捐款名单

母亲　马桂芝

我有一个黑色的小皮包,里面放着我个人的一些重要物品,有高等教育自学考试毕业证、转业军人证、结婚证、独生子女证、献血证、护照等。除了这些重要的证书,还有一个 32 开的新闻研究所的牛皮纸信封,信封的封面上写着:"新闻所同志向马桂芝同志捐款 共计肆仟零肆拾元整　94.3.11 日中午。"(注:信封上写的是 4040 元,实为 4140 元。)里面是一张捐款名单。

1994 年 3 月距今已有 19 年零两个月的时间,19 年里,我一直小心地珍藏着这个信封。今年,新闻所成立 35 年了,要举办"我与新闻所"的征文活动,于是我又打开了这个信封,19 年前的难忘一幕恍如昨天一样又呈现在我的眼前。

1994 年 3 月 12 日,我和丈夫将要带着我们的儿子前往上海做手术。这个时年不到 14 岁的孩子在 12 岁时得了一种罕见的重病——"全脊髓胶质瘤伴随空洞"。仅

·生命是劫后重生的奇迹·

仅一年多的时间,一个活蹦乱跳的孩子,在临去上海前已经四肢瘫痪,呼吸困难,生命危在旦夕。在北京各大神经外科医院均表示无法救治的情况下,经朋友介绍,我们带着一线希望,准备前往上海华山医院。就在去上海的前一天中午,所工会主席孙京华和工会委员陈光君、高希康来到我家,送来了这个信封和信封里44位同志的4140元捐款,这是所工会仅仅用了半天的时间为我捐助的。之后,又有3位同志通过其他途径捐款1200元,所以,实际是47位同志,共捐款5340元。

在此,我郑重地将这47位同志的姓名记录如下,他们是:卫景福、金耀云、孙五三、朱向霞、陈崇山、张秉意、韩辛如、梁博祥、陈光君、高希康、李斯颐、卜卫、李增义、闵大洪、阎焕书、孙京华、邹本浩、王萱、孙淑君、刘玉芳、彭朝丞、徐耀魁、王怡红、明安香、陈力丹、张丹、韩智东、唐绪军、夏晓林、张倩、刘俊娣、宁新、宋小卫、刘晓红、姚淑珍、孙旭培、王辉、徐小东、马文华、杨瑞明、马大薇、张兰华、张西明、李漱秋、张正鹄、刘一鸣、刘衡山。47位同志中,马文华、刘衡山是人民日报职工。如今,19年过去,夏晓林、李漱秋、金耀云、李斯颐、阎焕书5位同志相继离世。

那天中午,我捧着那4140元钱,如同捧着44颗火热的心。19年前,大家的工资都很低,然而同志们30、50、100、200地捐出来,甚至之后捐款的3位同志中有两位各捐了500元,其中刘一鸣同志因当时不在所内,托人带来了500元,张正鹄同志是事后把钱寄到了上海华山医院,这该是怎样的一份情意!5000多块钱,这在当时就是一笔巨款。我带着这笔巨款,带着新闻所同志们的温暖和爱心,满怀着哪怕是百分之一的希望,用担架抬着儿子义无反顾地踏上了开往上海的列车。

经历了三次大手术,儿子顽强幸运地活了下来。虽然双腿再也不能走路,只能以轮椅为伴,但可以告慰于所里叔叔阿姨们的是,这个孩子没有因残疾而颓废,在经历了一番痛苦的迷茫之后,这个连小学都没有毕业的孩子发奋地自学,在父亲的帮助下努力地学习写作。如今,他已经出版了两本专著,在2007年成为中国作家协会的会员,2008年被聘为人民网的编辑、评论员。

(节选自 2013年7月5日《中国社会科学报》)

/生命是劫后重生的奇迹/

第七章

作品精选

/ 生 命 是 劫 后 重 生 的 奇 迹 /

"国情"是筐还是泥?

"国情"似乎是个筐,有些人啥都往里装。"国情"又像一块橡皮泥,某些人一会儿将其捏成圆的,一会儿捏成方的。

比如,国家食品安全风险评估中心一位主任助理称,我们是发展中国家,要按照"国情"制定标准。如果都拿欧洲空气做标准,我们都不合格。中国民航干部学院一位副教授则说,我国经济发展水平与欧美不同,将各国机场准点率放在一起比较,不合理。

一旦说到我国某方面与国外有较大差距,某些专家与官员就会将"中国有特殊的国情"搬出来救场。中国有13亿人口,中国是发展中国家,中国面临许多挑战。这些都是事实,没有任何人否认。在此情况下,总强调"中国国情特殊"有何弦外之音?

"国情论"试图从客观的角度,说服大家面对现实,理性本身应当肯定。问题是,国情不该总用于"就低不就高",并觉得低水平"合情合理"。何况,世界上有国情完全一样的国家吗?西方发达国家不是也闹金融危机?10个手指头伸出来还有长有短呢,总说自己"特殊"意思不大。如果这不是习惯性的废话,难保不是逃避问题的借口。

另一方面,"国情"又时常被选择性回避。比如,许多地方大修硬件设施时,超英赶美的豪气让人惊叹。创世界一流,打造亚洲领先,表功鼓敲得震天响。还有资源价格不断上涨、国企老总拿天价薪酬、国内不少商品比发达国家还贵……这些真正该"体谅国情"的时候,有些人却闭口了,仿佛没国情这回事儿了!

与"国情"相对应的是"与国际接轨",二者有异曲同工之妙——妙在都有选择性,选择指挥棒握在某些"良苦用心"者手中。具体表现在:向群众索取利益的时候,接轨大旗高高挂起;谈及惠民的时候,国情论粉墨登场;涉及不当的既得利益,"与公平正义接轨"被抛到九霄云外。难怪有人说:你说国情,他讲接轨,你说接轨,他讲国情。某些人真是咋说咋"有理"!

"国情"首先应该是民情,是官员与专家对百姓负责、对国家发展的担当之情。不顾民情,不讲责任,是没有节操的,更是愧对人民的。在质疑一些西方国家对中国实行双重标准的同时,我们也该想想,对人对己是否一碗水端平?如果某些人心中没有公平的标准,只有露骨的偏袒以及自私自利的表现,只会让真实的国情蒙羞,让接轨沦为"见好处上,见困难躲"。

(原载 2013 年 7 月 13 日 东方网)

国足仍是"刘阿斗"

足球是圆的,按照"风水轮流转"理论,中国足球应该有"出头"的那一天。可是,我们再一次惨败。2008 年 6 月 14 日,天津水滴体育场,中国男足 1∶2 不敌伊拉克队,在还剩一场未比的情况下,已在 2010 年南非世界杯预选赛中被彻底淘汰。

对于中国男足,球迷"恨铁不成钢"久矣。如果说中国男足十几年前止步于世界杯门外,球迷是惋惜"只差一两步"的话;近两届世界杯,中国男足连跻身亚洲区十强赛的资格都没有,已然彻底沦为"亚洲三流"。"恐韩""恐日"喊得太久,球迷慢慢发现,原来不是恐惧问题,而是根本已没有赢人家的实力。甚至以前一些打起来"不在话下"的球队,也开始成为中国男足啃不动的硬骨头。球迷每一次失望后,都有人说:中国男足不值得那份厚爱,只配自生自灭。可每逢大赛来临,总不乏球迷对国足激情重燃,而后又是竹篮打水一场空。

对于球迷这份有些"愚忠"的执着，有人感慨总结：别国的足球踢得再好，毕竟不是自家的，父母看到别家的孩子再可爱，也只能欣赏，毕竟不如自己生养的亲。一部分人对国足彻底失望，总还有一部分年轻的球迷对其燃起希望，这大概就是"大国优势"。

也有人说：亚洲人在体质方面不如欧、美、非洲等裔人，在竞技运动上"先天不足"。可韩国、日本又怎么算呢？仰仗东道主之利，韩国还曾跻身2002年世界杯前四名。随着生活水平越来越好，牛奶、牛肉之类一点没少吃，中国球员与其他亚洲国家球员站在一起，身高只高不矮，身材只壮不瘦，为啥竞技成绩反而一茬不如一茬？

常言还说"重赏之下，必有勇夫"，我们的男足职业联赛已搞了14年，砸进去的钞票海了去了，用足球教练金志扬的话说：球员自职业化开始就从穷光蛋变百万富翁了，为啥中国男足却成了国内体育界投入与关注最高、成绩最呈反比的"后进分子"？

要说中国男足唯一一次"扬眉吐气"，要算2002年韩日世界杯预选赛了，"神奇教练"米卢第一次把国足带进世界杯的舞台。但"神奇"也仅仅止步于此。在世界杯上，赢一场、平一场、进一球，三个目标逐级降低，最终却一个也没有实现。颇具讽刺意味的是，中国男子足球队以０：４惨败巴西后，中国球员纷纷抢着和巴西巨星"交换"球衣，失利与失望反倒无关紧要。

这些年，中国球员们一代代地新人换旧人，国内的、国外的教头们你方唱罢我登场，风格潮流、体能测试项目更是五花八门，看上去能换的都换了。放在别的行业领域，面对如此差的工作成绩，如此混乱无章法的协调准备，选帅用人存在如此大的犹疑不确定，主管负责人早就该引咎辞职、回家洗洗睡了。可是，相关的管理者，还不是稳稳当当地坐在钓鱼台！不过是，球迷一次次伤心，又反复"上钩"……

（原载 辽宁人民出版社《2008 中国最佳杂文》）

冷观"干部弹簧年龄"

既要在未成年时"装熟"，又要在干部年轻化中"装嫩"，还想在官位上多"赖"几年不退休，某些干部在年龄上频频造假，形成所谓的"弹簧年龄"，引起群众的强烈愤慨。

如果说诚信是一种道德坚守，那么欺骗就是一种丑恶习惯。年龄造假首先暴露出一些干部缺少基本的诚信。在年龄的问题上频频欺骗组织、蒙蔽群众，这样的干部难道不会在其他方面忽悠上级、糊弄百姓？年龄成谜、学历造假、政绩注水、遇到问题掩盖子，某些干部严重缺失诚信的负面影响不容低估。

某些人想方设法要在体制内"早来晚走"，不择手段搞"萝卜招聘"，大肆揽权，不愿放权，谁相信是要"为人民服务"？说到底，享受特权、以权谋私才是行为不轨者的如意算盘。这便不难理解，对于延迟退休，广大群众与某些干部的看法为何冰火两重天。

体制并不缺少档案管理规章，更不乏行政监督条文，但徒法不足以自行。在不少案例中，上级监督太远，同级监督太软，下级监督太难，令一些违规者有恃无恐。出于"与人方便，与己方便"思维，某些监管者甚至对违规者大开绿灯。由此，特权交易、利益往来在一些地方成为心照不宣的潜规则。这不仅令种种违规造假频频得逞，而且使参与者越来越没有羞耻感。

干部年轻化具有积极的一面，但执行中的偏狭同样值得反思。有的地方公开选拔厅局级领导干部的年龄上限只有42岁。这直接导致经验与阅历丰富的"超龄干部"，在距退休还有十几年时，就已没有升迁空间；而一些经验与水平未必充分的"少壮派"，却凭借"年龄是宝，学历是金"在仕途上顺风顺水。领导干部越来越年轻，更是由于逐级向下比，年轻的领导倾向于提拔更年轻的干部——某些领导不希望被提拔的下属比自己年龄大，这似乎显得自己的资历比下属浅。面对严峻的干部年轻化形势,某些"超龄者"难免琢磨:是在沉寂中混日子,还是"想办法"更上一层楼?

好的制度能够引导人学好,好的人又可以促使制度进一步完善,这是一种辩证的关系,反之亦然。面对行政与干部存在的各种问题,需要从改变不合理的、偏颇的、僵化的机制入手,构筑积极的、公正的、科学的行政与用人体系。选拔领导干部更应注重对德行的考察,金杯银杯不如老百姓的口碑,干部的德行是经年累月行出来的,是能够被群众感知的。群众监督的目光,民主决策的力量,能使权力者不敢越雷池半步。

标本兼治,重在治本。惩治干部的"弹簧年龄"是如此,其他问题也是同样的道理。

(原载 2012 年 7 月 17 日《新民晚报》)

追忆"国民床单"别跑偏

近来,一条浅水红底色、印有牡丹图案的老式床单在微博上火了。其蹿红纯属意外:有人发了一条带图微博,图片中的床单让网友纷纷感叹"我家也有",引起疯狂转发。这种床单随后被说成是"国民床单""那些年,我们一起用过的床单"。

一条床单也能激起许多人的思想涟漪,既折射出自媒体时代的草根力量，又是人们怀旧与思乡情愫的不经意流露。透过一条床单，物质匮乏时代的共有记忆，令许多人感慨万千。这说明，无论外部环境如何变迁，家所带来的温暖与归属感都不会有丝毫改变。

相对于当下频发的"楼脆脆""桥塌塌"以及各种质量安全门，一条普通床单却能"服役"30年，同样令人思索。拥有现代高新技术，却怀念过去的工艺质量，与其说是现实的吊诡，倒不如说是对道德与良知的拷问。在简单朴素的经久耐用面前，人们是否还应扪心自问：花哨频繁的时尚消费难道不蕴含极大浪费？

在对"国民床单"的追忆中，也出现了一些消极情绪。有人说，曾经的岁月相对公平——床单与布料虽要凭票证购买，但在配给制下，大家都有机会得到。如今某些物件与机遇，并非人人都能获得。

不得不说，上述看法存在片面性。在物资匮乏的年代，没有选择就是唯一的选择，这其实谈不上什么机遇。至于所谓的公平，也有想当然的成分。比如，在国有企业上班曾是令人羡慕的"铁饭碗"，在相当长的时间里，身为工人的父辈退休时，都可以让一个子女进厂"顶岗"，这曾被视为惯例。以如今的视角，这难道不是另一种"萝卜招聘"？再如，过去大家都拿差不多的工资，干好干坏一个样。"不患寡而患不均"倒是让某些人心态平衡，可"大锅饭"恰恰是不公平的体现。否则，不会有后来的"多劳多得"。

还有人说，过去似乎比现在更幸福。与此类似的还有抱怨"年味儿"越来越淡。其实，过去的"幸福"是建立在物质不丰富、眼界不开阔上，偶尔的微小满足就能使人印象深刻。低水平的平均分配，也在一定程度上减轻了攀比心理。如今，过去稀缺的东西已司空见惯，不少人的物欲膨胀更无边界。当超过自身能力范围的欲望无法满足，当面对贫富差距与"人有我无"，当一些人过着"钱包里的钱没有钱包值钱"式生活时，各种心理起伏与纠结在所难免。

欲望膨胀得太快，灵魂都跟不上了。一些人的精神迷茫难以掩饰，所谓的"不幸"具有矫情成分。并且，不是所有人都能正视自身的问题，还有人将矛头指向社会，甚至呼唤重回"平均主义"。这需要引起社会的关注与警觉。

社会的确存在这样或那样的问题。但是，社会的发展与进步无可置疑。更重要的是，我们拥有了更大的表达、选择、博弈空间，越来越多地具有了民主监督、改变不良现状、实现个人价值的能力。我们真正需要的是，进一步解放思想，将改革进行到底，不断弥补社会生活中的短板，完善社会的良性机制，

· 生命是劫后重生的奇迹 ·

而不是"穿越"回过去。

（原载 2012 年 9 月 19 日《劳动报》）

"摩托返乡军"带来坚韧与感动

　　春节临近，由佛山、东莞、广州等珠三角城市返乡农民工组成的 10 万"摩托车返乡大军"，沿着 321 国道回老家过年。广东省 2 万多交警上街，疏导指挥，沿途护送，路上还设置了休息点。

　　10 万农民工骑摩托车返乡，算不算衣锦还乡？恐怕，没有那般荣光。这只能说是众多农民工买不到车票又要返乡过年的不得已。记者记录了一对农民工夫妇，他们花了三天三夜，瘦了 13 斤，从广东佛山骑摩托回到四川武胜县的家中。一路上，他们住过廉价旅店，曾在高速公路上被交警拦截，妻子摔伤，丈夫累得几近虚脱，但当喝到家里的一杯热水时，这一切在他们看来都变得值得……

　　前些年那首《常回家看看》让许多人眼圈发红、鼻子发酸。心酸归心酸，"父母在不远行"依然是那么遥远，"留守儿童"的泪水只能被忍痛拭去，中西部欠发达地区的农民还是得背上铺盖行囊，踏上前往东部以及沿海大城市的打工之路。

尽管他们的"土"时常在都市遭遇白眼，虽然他们被归入"流动人口"，纵然他们不得不住在憋屈的工棚，甚至可能被黑心老板欠薪赖账，但他们依然持守着属于自己的梦想——为了能在老家盖上几间新房，为了有朝一日能将家里的孩子带到城里，他们像蚂蚁般倔强勤劳，他们的汗水在城市里浇灌出一幢幢高楼琼宇，正是他们托起了沉甸甸的"中国制造"，亿万"中国工人"更令山姆大叔折服，成为《时代周刊》的年度人物。

平日里，他们掩饰着对家乡与家人的思念，体味着城市钢筋水泥带来的冰冷与孤独。在春节这个团圆的日子，他们再也难抑心中的感伤，他们需要释放那份浓浓的乡愁。对绝大多数农民工而言，"包机回家"还是遥远的新闻。火车站、长途车站购票窗口前一队队拥挤的人潮，才更现实地映衬出一颗颗似箭的归心。当火车与长途车无法承受那份归乡的厚重，"摩托车返乡大军"的出现，没有 DIY 一族的潇洒，风雨兼程的漫漫归乡路"痛并快乐着"。介于自行车与汽车之间的摩托车，何尝不映衬出农民工既不是传统意义上的农民，又不是"正宗城里人"的尴尬？

对发展中的中国来说，还有许多人的腰包并不丰厚，许多社会环节并不令人满意，但这一切并不能掩盖节日的欢愉。或许，正是因为生活中的不足，更加激发人们追求幸福的渴望。也正是因为对家庭与亲情的重视、对团圆的终极期盼，支撑着一个个游子坚韧不拔地奋进。

　　春节,映衬出的恰恰是炎黄子孙强烈的大团圆意愿,以及中华民族在数千年历史长河中那种强大的凝聚力。亲情、爱情、友情、对海内外同胞的思念之情、对国家与民族的赤子深情……一个"情"字已然概括、贯穿过年给人们带来的无尽感动……

(原载 2010 年 2 月 11 日 人民网)

好莱坞的"主旋律"

　　美国影片《2012》在全球上映,票房成绩不俗。在震撼的视觉与特技效果背后,好莱坞惯用的"主旋律"同样令人回味。

　　好莱坞的"主旋律"是什么?那就是美国精神之璀璨、美国领袖之崇高。电影《2012》中,美国的黑人总统在惊天灾难降临前在教堂中祈祷,顺应了西方传统保守思维,是在向上帝表达敬虔与忏悔。在生命的最后一刻,美国总统选择了与美国人民共赴末日,把宝贵的"方舟车票"留给了年轻的科学家,并且听取了科学家的忠告,将灾难的真相告知民众,让公众在最后关头获得知情权。同样是灾难电影的《后天》,片中的美国总统也是果断听取科学家的建议,让尽可能多的美国人"公开偷渡"进入墨西哥境内躲避致死的严寒,美国总统自己却在白宫坚守到最后一刻才撤离,最终在暴风雪中遇难。还有更具科幻英雄主义色彩的,在影片《独立日》中,美国总统甚至亲自驾驶战斗机与外星人大战,最终战胜入侵的外星人,保卫了地球……

与早期的西部片着力塑造勇敢的牛仔一样,如今的好莱坞灾难片常常在潜移默化中,将美国总统树立为正面英雄。并且总是在美国的领导下(至少也是主导下),使全世界与人类渡过重大危机。

所谓"到什么山头唱什么歌",美国人拍电影宣扬自己很正常。美国人也从来没有避讳,总是在外交辞令中宣称:"某某事符合美国的利益。"如果识破了好莱坞的这套自我美化的把戏,单纯从商业片的角度,看的其实就是热闹、刺激、大场面、电脑特技。当然,确实有一些青年由此对美式文化越来越感冒,甚至简单地认为"什么都是美国的好"。对此,一些有识之士疾呼警惕美式文化大规模入侵。笔者不禁想反问:为什么我们的文化就达不到这种传播效果?

看看中国的电影吧。早年的《大红灯笼高高挂》《秋菊打官司》被西方关注,噱头无非是中国阴暗、土得掉渣的一面。这种影片不仅没有更新中国的形象,反而加剧了老外戴着"有色眼镜"看中国。以至于,还有外国人以为中国人仍然留着长辫子。

·生命是劫后重生的奇迹·

近几年的《满城尽带黄金甲》《无极》则是在场面上极尽古代奢华，内容空洞得让人搞不清其究竟想表达什么思想与价值观。以前，中国导演总说是因为没钱拍不出好片子。如今，一部影片动辄投资几个亿，大制作远远盖过剧本质量，拍电影成了比着赛着烧钱。冯小刚与葛优是最具国内票房号召力的黄金搭档。但是，"冯氏幽默"与"葛大爷油滑"也决定了其市场只在国内，鲜明的特色也意味着鲜明的局限。《建国大业》算得上典型的中国式主旋律影片，但这种影片具有多少国际化认同度？即便在国内，该片也招致了以爱国主义为旗号、狂捞商业利益的质疑。

有人将美国文化视为"垃圾文化"。但是，所谓的"垃圾"恰恰是最通俗的，对英雄主义的认同也是人的本能，文化传播的基本规律就是大众性认同。从随处可见的"垃圾食品"麦当劳与肯德基，到通过NBA"体育游戏"悄然渗透的运动品牌耐克，再到好莱坞电影看似老套、实则恒定的价值观传播，是美国佬"没文化"，还是我们过于自信"有文化"？

（原载2009年第12期《群言》）

星巴克"进驻"灵隐寺随想

　　星巴克在杭州灵隐寺景区开分店,引来争议。有人说,灵隐寺的香火混着咖啡,那一定是浓浓的商业气。还有人调侃,星巴克入不了皇城,只有遁入空门。

　　寺庙与景点本来是不搭界的。随着时代的变迁,宗教与古建筑成了文化和美学的一部分,其清幽的氛围、所处的秀丽环境被越来越多人欣赏,上述需求慢慢形成市场,商机凸显。这不仅表现在周边的商业服务上,寺庙景区更开始大大方方地收取门票费。放眼四大佛教名山——普陀山、九华山、五台山、峨眉山,如今的门票价格都已突破每人次百元。甚至,每逢新年由谁来烧第一炷香,一些"大庙"也搞起公开拍卖。商业化大潮席卷古刹庙宇,会对宗教文化产生怎样的影响,令人揣摩。

　　有人说,这是人心不古。那么,古人在这方面"纯洁"吗?"庙会"一词人们并不陌生,《辞海》中有这样的解释:庙会亦称"庙市",中国的市集形式之一。唐代已经存在。在寺庙节日或规定日期举行。一般设在寺庙内或其附近,故称"庙会"。古时庙会的形成既与宗教活动紧密相关,也是经济发展、人群交流、娱乐需求的结果。古代喧嚣热闹的庙会与如今灵隐寺外的商业街有多少不同？不得不说，在超然出世的宗教文化之外，市井世俗一直存在。

作为全球最大的咖啡连锁店，星巴克代表着标准的美式文化。1971年才成立的星巴克之所以频频在国内成为众矢之的，一方面是因为其连锁的触角深至包括故宫在内的特殊地带，涉及现代对古韵的冲突；另一方面也折射出悠久的本土文明对现代外来文化表现出的不自信。甚至，还掺杂着一些具有惨痛近代史记忆的国人怀有的自卑与警惕心理。芥蒂的成因是多样的，所以具体问题需要具体分析。在中国日益开放的同时，保护本国文化也是必要的，客观审慎地对待才是理性的态度。

说到底，自然与文化遗迹的商业开发是一个问题，国人如何看待外来文化"入侵"是另一个问题。就前者而言，管理者必须明白不能"杀鸡取卵"，在保护与开发之间必须秉承有限度、可持续意识。一些"世遗景点"因过度开发，被联合国世界遗产委员会"亮红牌"，应成为前车之鉴。至于蕴含宗教文化的名胜古迹，也该漂洗掉铜臭的味道，还其肃穆纯净的原生氛围。

对于后一问题，心理的强大才是最根本的强大。发展、弘扬、保护本国文化，有效提升民族自豪感与自信心，比单纯对"外来物种"说"不"更有意义。我们需要不断发展和巩固自身的软硬实力，令中国制造更多地变为中国创造，通过润物细无声的文化输出与价值融合,去影响和改变世界,继而获得更加广泛的认同。这是民族进取的必修课,更是大国崛起的必由之路。

(原载 2012 年 9 月 26 日 东方网)

"武林盟主"金庸被招安啦?

"金庸要被招安啦""明明是武林盟主,为何屈尊加入某个门派?""中国作协纯属拉大旗做虎皮""金大侠不该蹚浑水"——这是不少网民对于金庸即将加入中国作协的反应。

暂且不论作协近年的名声向足协靠拢,单就冠以"中国"二字,我以为中国作协的会员中若没有金庸,就是一种缺憾。

金庸此前未加入中国作协,不是因为其不够资格——如今一些花钱出书甚至还有抄袭嫌疑者都能混进作协,"金大侠"以其开创武侠小说形式的"江湖地位","十四天书"正版印数上亿册,盗版难计其数,读者数以亿计,翻拍者众多,凭以上种种"进驻"作协,不存在任何"资质问题"。

金庸游离于中国作协之外,更多原因还在于"九七回归"之前,香港与内地各方面的沟通与交往远不像如今便利。许多在今天看起来很正常的事,在过去就很"敏感"。比如,20 世纪 80 年代,香港演员汪明荃担任全国人大代表,就遭遇港台演艺圈长达10年的"闲置"。此外，金庸创办的《明报》在20世纪60年代的格调比较"右"。在极讲究"阶级背景"的年代，内地恐怕不会有人想到金庸还能进作协。20世纪80年代之后，金庸在内地的名气不断升温，但这更多是体现在武侠小说上，是民间层面的。从那时的官方角度，对其恐怕还是有些"感觉复杂"。

说到底，金庸如今加入作协是因为时机成熟——中国内地的社会环境已然发生巨变，执政党的思路越来越开明，一些党外人士都能担任部级高官，"中国作协"这样一个文化组织为什么不能让金庸加入？尽管否认金庸将出任名誉副主席，但中国作协一位不愿透露姓名的官员告诉记者："金庸担任作协官员还要走程序，具体担任何职正在讨论中。"显然，以金大侠的"辈份"，怎么着也不能在"普通会员"中混吧？有人认为无论金庸在作协中任啥职位都是"虚名"，没意义。我倒觉得，这是"补授"金庸早已该得的"官方名誉"而已。中国作协目前有9位副主席，就算再多一个"金副主席"也无伤大雅。以金庸的身家，恐怕不会贪图"领导补助"啥的。

有人还说，金庸已然八旬高龄，既已封笔多年，应把"江湖宝座"让与晚辈。可金庸近年先是去浙大当博导，又是去剑桥读书，眼下又要进作协，有人又说这是不甘寂寞、不肯谢幕、不识时务。我对此不以为然。金庸恰恰很识时务。在其"十四天书"的封笔之作《鹿鼎记》中,金庸刻画的韦小宝正是游走于江湖与朝廷之间,左右逢源,两头通吃,如鱼得水。金大侠的"江湖地位"早已确立,这位耄耋老人或许已没有物质方面的追求,但谁又能说金庸在潜意识中不想谋个"官家"头衔?

就在金庸即将加入中国作协的时候,郑渊洁宣布退出北京作协。有人看笑话似的说:作协就像一个围城——里面的人想出来,外面的人想进去。其实,说这话的人并没搞清郑渊洁的本意。"童话大王"退出北京作协的理由是"受排挤"。说白了,这里面恐怕也有"权力斗争"。郑渊洁八成是没有进入"权力核心",觉得被人"涮"了。郑渊洁更强调自己没有退出中国作协的意思。

古往今来,许多人对江湖豪杰被"招安"迷惑不解,痛惜宋江等梁山好汉"晚节不保"。其实,个中原因并不复杂。君不见,成龙不是也不声不响地当上了中国电影家协会副主席吗!本就是俗人,谈何免俗。

(原载 2009 年 6 月 30 日《中国青年报》)

普京"被撂倒"不丢面子

在中国文化中,"陪太子读书"的人一般都不是草包,但角色定位使其只能是"打酱油"的。加上"伴君如伴虎"的顾虑,谁敢在太岁头上动土?但是,这未必"放之四海而皆准"。

据报道,俄罗斯总统普京视察俄柔道国家队训练中心,并与多位高手同台过招。年逾六旬的普京身穿柔道服,腰系黑带,面带笑容。现场视频显示,普京与28岁女柔道运动员扎布鲁津娜上演"对手戏",后者两次将普京撂倒。普京随后对媒体称,扎布鲁津娜是"一个倔强的姑娘"。扎布鲁津娜则说:"我必须把您(普京)撂倒。"

普京习惯以"硬汉形象"示人,他曾亲自驾驶战斗机视察部队,驾驶F1赛车狂飙,辅助科学家为野生老虎戴追踪项圈,穿着专业潜水服深入水下的考古发掘地,"光膀子"在溪水边垂钓,拥有柔道黑带的普京还多次与他人进行柔道切磋……普京做这些事,显然不光是出于个人爱好,也是在向世人展示俄罗斯领导人的"果敢"风格,更是为作为大国的俄罗斯"秀肌肉"。这种鲜明的性格与风格,为普京在俄罗斯人心中"加分"不少,也让世界刮目相看。

这回,普京总统被女柔道运动员两次撂倒,算不算"栽了"?答案是否定的。这说明,普京与人过招是"动真格"的。他没有因为被撂倒觉得"丢面子",而是将这当作一次正常训练。俄罗斯女运动员也挺"实诚",该怎么把对手撂倒,就怎么把普京撂倒。这种"互摔"在柔道训练中很正常，没有因为总统的身份而"放水"。

　　反观国内一些地方领导参与体育活动，甭管领导的竞技水平怎么样，冠军几乎毫无悬念是领导的。比如，2011年某市2000人在江水里同游，市委书记率先抵达终点，才学了两个多星期游泳的市长居然游出第二名。有干部说："跟着书记，追得有点气喘。""我本来游在前头，接连被书记和市长超越了⋯⋯"再如，2012年某市举行自行车骑行活动，市委书记也是第一个抵达终点。还有2015年某市举行一项篮球赛，市长参赛，一场得到51分，一场得到64分。比赛视频显示，市长场上轻松地从队友手中接到传球，在无人防守阻碍的情况下，空位投篮，命中⋯⋯

　　与其说上面这些领导是在比赛，倒不如说众人是在"陪太子读书"。很多人对此心照不宣，但凡神经没有错乱，没有人会超到领导前面，或与领导真较劲，那岂不是抢领导风头？又如何显示领导"带头"作用？如果谁要打破这种"规矩"，只能被视为政治上不成熟，甚至脑子短路。问题是，惺惺作态以及令人作呕的奉承，会给领导加分吗？能给群众带怎样的好头？

　　领导干部确实应该身先士卒，做好带头示范。但那应体现在解决群众困难、勇担责任使命、践行绿色出行等环节之上。

领导的工作态度与作风，将在很大程度上影响下属的作为。相对于工作必须一丝不苟、兢兢业业，运动比赛则不同——比赛在英文中的另一层含义是"游戏"，重在参与地"玩"有必要装模作样、故意让着领导吗？某些领导总是欣然接受"被第一"咋就那么好意思？如何才是给领导加分，领导怎么做才真有面子，普京总统"被撂倒"或许能给我们一些启示。

（原载 2016 年 1 月 12 日人民网）

同一个世界　同一张笑脸

经过抽签购票的漫长等待，在奥运精彩赛程过半之后，我终于有机会前往鸟巢，现场感受奥林匹克氛围。

鸟巢也好，水立方也罢，虽然外形早已在电视上无数次呈现，但当你真正近距离接触它们时，还是会被其鲜明的风格、灵动的艺术气息所感染震撼。鸟巢无规则的钢结构，白天显露出的是一种刚强与力量；晚间灯光映射出的剪影效果，则透着中国红的民族韵味。鸟巢旁矗立的水立方，白天以它那蓝色的水泡外形诠释着"上善若水"的哲理与清凉纯净之美；夜间在红、橙、蓝等灯光色彩的变化之下，则让人惊叹建筑艺术的美轮美奂，联想到世间的多姿多彩。国家体育馆正面的 Beijing 2008

以及巨大的奥运五环标志更是在明确地告诉世人，奥林匹克百年的时针正指向北京时间，中国与北京此时此刻正处在奥运进行时！

　　奥林匹克的根本是人与人的交流，当我真正进入奥运中心区时，"人文"这一颇有些专业的词汇已然"返璞归真"。给我留下最深印象、最大感动的是人们脸庞上洋溢的微笑。在随处可见、身着蓝色T恤的青年志愿者脸上，你会感觉到一股股宛如早上八九点的灿烂暖阳。在电梯间、看台上，频频遇到外国友人，双方都会会心地点头微笑，你会发现这不仅仅是出于礼貌，而是一种由衷的快乐与欢跃，你会理解微笑才是"世界语"的真正内涵。竞技场上运动员的每一个微笑，每一次高举双手有节奏地拍手，则是希望观众给予热烈支持，他们渴望以最出色的发挥，给全世界带来视觉与心理上的新超越。当一名运动员发挥出高水平、获得高分、站上领奖台，无论他或她来自哪个国家，看台上的观众都会报以雷鸣般的掌声与欢呼。当获奖运动员望着徐徐升起的国旗、喜极而泣的眼中闪烁着点点泪光，你会被这一刻深深感染。当看台上的观众一次次伴随着欢呼玩起"人浪"，你更会发现国别与肤色差异已然模糊，包括你在内的所有人都已沉浸在更快、更高、更强的感动之中……

　　除了赛场上的激动人心，另一种不由自主地感动来自志愿者的微笑服务。从彬彬有礼的安检协助，到引导观众时的有问必答；从不厌其烦地帮助观众加热盒饭，到热情协助乘坐轮椅的老年人与残疾人上、下稍陡的坡道……"请问您需要什么帮助"已成为志愿者最朴实也是最热情的"口头禅"。从年纪上看，多数志愿者都是年轻的大学生，他们额头上渗出的汗水、他们红扑扑的脸庞、他们已被晒成小麦色的肌肤，无不散发着青春的活力。他们的无私服务、他们的志愿行为、他们的承担实践，更寓意着国家与民族的希望所在。我去鸟巢的那天，北京下了小雨，夜间颇有秋天的凉意，在晚上离开鸟巢时，我与一名志愿者小伙子握了手，我能感觉到他手中的那股暖流。

　　天下没有不散的宴席，2008年北京奥运会不久就将圆满落幕。它会给世人、更应给我们留下哪些财富？除了一系列有形的公共设施与体育场馆之外，我更希望赛场上的奋进精神、人与人之间的和谐友善、许多人的爱心奉献，化为一种永恒，融入我们日常生活的点滴之中。一场盛宴的落幕同样意味着新的开始，微笑的北京、开放的中国也将在奥林匹克精神的指引下迈上新的征程。

（原载2008年8月26日《新民晚报》）

生命如花

——记我的"忘年交"黄际昌伯伯

有人将人生比作一段旅途。在这段并不短暂的旅程中,许多过客都会与我们擦肩而过。在这些人当中,有多少人是能够被记住的?又有多少记忆是值得回忆感触的?

这些天,一个沉重、悲伤的消息在我所住的单元楼传开——住在我家楼上的黄际昌伯伯"走了"……

与黄伯伯相识是在 2000 年,我们搬到同一个楼住。这个面相和善、个头不高、身材匀称的老头,对我这个小辈一直很关心。一是因为他的孩子都不在身边,二是由于我身体的原因,一些长辈与邻居都对我多了一份关怀。黄伯伯每次出去旅游回来,都会送我一些小东西。对我最有用的一个小物件是,他和老伴从德国带回的一把小瑞士军刀。这把小刀至今都是我的案头常用品。它有剪子,有小刀,虽然很小,但用起来顺手,我常常用它削苹果、剪开塑料袋……

很奇异的是,我平时很少出门,但出门时碰上黄伯伯的概率却相当高。每次见到他,他都会和我"神侃"一会儿,问我电脑或网络的事,问我在人民网工作的事,再夸夸我写的东西,等等。

  我最感谢黄伯伯也是印象最深的一件事是，我的母亲在2003年前后有一次突犯疑似心脏病。那次父亲不在家，就我和母亲在家。由于我坐轮椅，行动不方便，那一刹那真有点茫然慌乱。好在理智第一时间告诉我要找人，要求救。我先用颤抖的手指与声音叫了120，紧接着就给黄伯伯家打了电话，因为他和老伴就住在楼上，离得最近，我想他们应该可以最快赶来。上帝保佑，黄伯伯在家，他和老伴很快就下楼了，一边看母亲的情况，一边安慰我别着急。在120送母亲去医院做进一步检查的那个晚上，黄伯伯的老伴给我送来晚餐，黄伯伯也再三安慰我，让我有事一定要和他们说。在这危难时刻，在我无助禁不住流泪的时刻，我深切体会到了"远亲不如近邻"这句谚语的真谛，这何尝不是另一种"生死之交"？

  黄伯伯和老伴属于比较"新潮"的老人，两个儿子一个在美国，一个在香港。由于少牵挂，他们常常出去玩，无论是出国还是在国内。他们也会在外地租房，换个环境住几个月。今年夏天他们是在山东威海度过的。这次，他们去了海南，上个月还曾给我家打电话说，那里很暖和，天天能泡温泉，过得很开心，过年也不打算回京了。谁知道，黄伯伯突然就"去"了。

  这样一位和善可亲的老爷子已经走了。从此我生活中就像少了一位亲人似的，心中不知道究竟是什么滋味。我最后一次见他是在一个多月前吧，那次他还推着我在院子里走了有10分钟……

生命如花，纵然它曾经多么绚烂，终会有凋零的一天。得知黄伯伯过世的消息，我们单元的其他邻居同样感到心情沉重，甚至有人说从未因一个邻居的过世如此难过。许多人都去看望、安慰黄伯伯的老伴，还有人主动提出帮忙买菜……珍惜，珍重，珍爱，对于我们来说，更应感恩并珍惜"每一个今天"，邻里之间也需要更多的互相帮助、关怀友爱。愿黄伯伯天堂路途一路平坦，也祈祷黄伯伯的老伴平安！

（原载2009年3月27日人民日报《社内生活》。

黄际昌：人民日报驻港澳办原首席记者、主任）

·生命是劫后重生的奇迹·

我与胡昭衡爷爷的"神交"

  我与胡昭衡爷爷从未谋面,只是我的父亲是北京市杂文学会的一员,也参加学会的一些工作,而胡昭衡爷爷生前长期担任北京市杂文学会会长,所以我打小就从父亲那里听说有这样一位胡爷爷,我与胡爷爷也有了某种"神交"。

  我与胡昭衡爷爷真正的交往,只有一次。虽然只有一次,但胡昭衡爷爷的和蔼可亲、平易近人,却给我留下了极为深刻的印象。胡昭衡爷爷话语中的深意,产生的"涟漪效应",则是我多年之后才明白并感怀的。

  1994年,我因病经历了三次大手术,虽然捡回一条小命,但下肢瘫痪的后遗症令当时只有14岁的我茫然哭泣、抑郁消沉。1995年元旦,我收到一封信,信是由父亲转交给我的。在信封上,清楚地写明"蒋元明同志转蒋萌小友收"。而且,"蒋萌小友收"被单独列为一行书写,可见写信者的郑重其事。

  不必说,这封信是胡昭衡爷爷写给我的。在信的开头,胡昭衡爷爷又以"蒋萌小友"称呼我,并对我说"新年好"。胡爷爷写道:"你代表新一代,尤其是代表和险恶命运做顽强搏斗的新一代。"胡爷爷还说:"我是个从'三座大山'底下爬出来的旧社会青年,当过兵,打过仗,坐过牢,许多许多战友牺牲,我却活了下来;因而我对为民族、国家生存搏斗的男女老幼,对像你这样富有生命力、有坚定志向却遇到严重疾病而英勇顽强搏斗的少年抱有挚情敬意。"

当时看到这里,我是有一些惭愧。我觉得自己虽然经历了重病与大手术,但配不上"英勇顽强搏斗"这样的辞藻。在我脑海里,这些词应当是形容英雄人物的。当时的我很自卑,没有"战胜"疾病的喜悦。我觉得,即便是"战胜",我的状况也实在是"惨胜",我有什么值得被"过誉"的?困惑也好,疑问也罢,这是我那时的真实想法。

胡昭衡爷爷还写道:"父母热爱你,全力帮助你治病。我敢肯定地讲:你是一定一定会找到康复大道的。你是 21 世纪的干部,将与我国社会主义现代化建设事业同步!""记住,一位七老八十的人为你祝福!"信的末尾,胡爷爷署名"老友胡昭衡(李欣)"。尽管我那时年少懵懂,但面对这样一位和蔼可亲的老爷爷的诚挚鼓励与衷心祝福,我还是能够感受到其中那份深深的关爱与鼓励。

其实,胡爷爷还写过另一封信,是写给北京一位著名的老中医的。当时我因病重,北京几家大医院都表示无法手术,只好转向中医,死马当活马医。胡爷爷知道了我的情况,曾是国家卫生部副部长的他，亲笔给一位老中医写了一封介绍信，我父亲拿着这封信带着我找到老中医家求医。老中医看过信后说了一句："哦，来头不小啊，部长介绍的……"在绝望中我们似乎看到一丝希望。虽然最后是上海华山医院一位大夫为我做手术、令我重生，但胡爷爷的义举还是让我念念不忘。所以，手术后当1995年新年到来之际，我给胡爷爷寄去一张贺卡，一是报平安，二是祝他老人家健康长寿！

没有想到胡爷爷会那么认真地、情真意切地给我回信。当时年少并情绪消沉的我，不知道该如何与这样一位老者建立"忘年交"，也未意识到如果向这位人生阅历丰富、文化积淀深厚的老者多多求教将是一笔宝贵的人生财富。现在回想起来，这实在是一大遗憾。可转念一想，能与胡爷爷有过这样一次交流，已然是一桩幸事。

如果说胡昭衡爷爷的这封信对我的人生立刻有什么改变，你一定觉得我是在瞎掰。但我确实听父亲说，胡昭衡爷爷曾不止一次在北京市杂文学会里把我称作"杂文界的儿子"。胡爷爷这么说是什么用意呢？当时的我领会不了，只是心里感觉暖暖的，仅此而已。当我数年以后误打误撞地也开始写点小文章，随之有那么多杂文界的老师给予我发表文章的机会与舞台；在我出版第一本书《蒋萌网评》的研讨会上，有那么多杂文界的老师为我这个晚辈前来捧场并不吝指教，我才渐渐明白了胡昭衡爷爷曾经的那份良苦用心……

　　我是在成年之后，通过"百度"才知道胡昭衡爷爷有那么丰富的人生阅历，曾当过那么高级别的领导。这样一位老革命、老领导、老作家如此平易近人地关怀一个从未谋面的小辈，还将他和我的关系比作"老友与小友"，让如今的我感慨不已。再看那封 21 年前、纸张已然发黄的信，面对依然清晰的胡爷爷的笔迹、字里行间透露出的深情，我禁不住眼眶湿润。在我迟到地"懂了"之后，当我凝望着网络上胡昭衡爷爷的照片时，我似乎看到了胡昭衡爷爷在对我微笑。看到如今已能自食其力、也已是北京市杂文学会会员、愿用手中的笔为社会鼓与呼的我，胡爷爷是否感到一丝欣慰？对我而言，唯有继续好好生活、努力工作，告慰关爱我的胡爷爷。

　　正值胡昭衡爷爷百年诞辰之际，我想说：敬爱的胡昭衡爷爷，与您相识是缘分，更是我的荣幸！还要衷心问候一声：天堂里的胡爷爷，愿您安息！

　　（原载 2016 年第 2 期《北京杂文》。胡昭衡：笔名李欣，曾任天津市长、卫生部副部长等职，生前长期担任北京市杂文学会会长）

苏州园林的精妙

拙政园的"荷韵"

中国的园林,包括两大类。一类是皇家园林,如北京的颐和园、承德的避暑山庄等,是供昔日帝王玩乐休憩所建,占地巨大,建筑宏伟,气派十足,一副"高大上"的派头。另一种是私家园林,是古代巨贾或官宦人家所修的私家宅院,规模虽比不得皇家,但精巧雅致别具一格,亭台楼阁,一花一木,讲究不将就,一座园子甚至历经几百年沧桑,多次易主,从兴旺到衰败,再修葺与新生。苏州园林属于后者。

从杭州一早驱车前往苏州,经过一上午的乘车劳顿,再加上下午两三点的炎热,令人打蔫,我进入拙政园时眼皮发沉。这与我想象的精神抖擞、饶有兴致地逛园子是不同的。刚进园时地面是鹅卵石,轮椅在石路上滚动颇为吃力,要寻找哪一处路径更易推行,更影响了我的心情与注意力。

令我慢慢找到一些感觉的是,园子正中有一大片池塘,塘中长有满满的荷叶。由于盛夏已过,荷花大部分凋谢,但碧绿的荷叶仍在,伴随着微风轻轻摇摆,它们恰恰让有些疲乏的我感到一种安详与怡然。我被这一池的碧绿吸引,不禁在池边的阴凉处停留与凝视。我注意到,在池塘的周围,散布着名称各异的亭、堂、馆、楼、轩,在每一处建筑内都可以看到这片池塘的美色。拙政园中的建筑名称大多与荷花有关,由此有了答案。据说,拙政园最早的主人——明代御史王献臣,之所以要大力栽培并宣扬荷花,也是为了表达他孤傲不群的品格。

  凝视得久了,甚至在一瞬间,我仿佛看到了这座大园子曾经的主人坐在窗边、倚身在亭内、站在楼上看着夏日盛开的荷花,在当空的明月下欣赏荷塘月色,在漫天飞舞的雪花中看着一池的白茫茫……待我缓过神来,发现游客三三两两地坐在池边,或休息谈笑,或忙不迭地按下照相机快门要将这景致"带走",还有学生模样的青年拿着素描本静静地写生。人们各得其所,有一种不同于游览其他景点的闲适与宁静。

  由于没请讲解员,我不太了解园中各处亭楼的详细历史,但我还是"蹭听"了一些旅游团导游的介绍,印象比较深的一处精妙所在是"与谁同坐轩"。它是一个扇形的亭子式建筑,从正面看,它的房檐两侧有两个向上翘的、像小翅膀的东西,房顶正中还有一个像清朝官帽的"盖"。导游说这象征着飞黄腾达、步步高升,寄托着园子的主人对家族兴旺的期盼。光有好寓意当然不算牛,该亭的精妙在于运用了"叠景"这一古代造园技巧。也就是,那个像清朝官帽的"盖",和"与谁同坐轩"其实不是同一建筑，而是后面假山上的另一处小亭。由于视觉的关系，从正面看，二者仿佛成为一个整体。对此，我不得不佩服古人的想象力与艺术表现力。亭中还有扇形窗洞，透过窗洞能看到另一侧的景色。一处景致就运用了叠加、透视、景中景等手法，古代园林艺术的精妙可见一斑。这种挖空心思地造景建园也显露出昔日园主的财力与文化。有钱没文化，有文化没钱，显然都是不行的。当然，也可能是有钱人的附庸风雅。所谓独具匠心，若没有达官贵人的财力支撑，怕也是无法展现的枉然。

（原载2017年7月26日 《人民日报·海外版》）

雨中的留园

第二天清晨，天空居然在下雨！而且，雨量不小。这就像给我当头泼了一盆凉水。出门旅游谁都不愿意碰上下雨天，但健全人打把伞、穿上雨衣还可以游览。坐轮椅的我，困难则大得多——不光是湿滑积水的路面轮椅难行，更重要的是，我坐在轮椅上，双腿会伸出伞面或雨衣，腿和鞋难免淋湿。下雨天不适合我出行，然而，我们的日程是提前定好的，买的是往返机票，没有改日再参观的可能。那天的早饭吃得挺磨叽，我多希望磨蹭一会儿，雨能小一点，甚至不下了，但这纯属妄想，雨反而大了。无奈，早饭后我和父母决定先开车到留园门口，看情况再说，这总比在宾馆傻待着强。

  在留园的停车场里，雨下得那叫一个欢。看着旅游大巴上的游客冒雨匆匆跑下车，我不免想着自己下车可能成为落汤鸡的样子。对于我要不要下车，我和父母很纠结。最后，牙一咬心一横，下车！当然，我们不是打无准备之仗。母亲先在轮椅坐垫上垫了一个大塑料袋，以免坐垫瞬间淋湿，然后迅速将我抬到轮椅上。我打着伞，腿上盖了一块帆布做的行李箱套，父亲穿上雨衣，负责推轮椅。我们就是这样一副行头，怀着忐忑的心情进了留园大门。

  一进留园的门，我的心情发生了一百八十度大转弯。我这么说，一点不夸张。这是因为留园有一个贯通各处的长廊，长廊顶上有砖瓦，不怕下雨，整个游览都可以在长廊内进行，不大的园子里，景致尽收眼底。我在感叹真幸运、留园人性化的同时，似乎也明白了造园者的用意——南方多雨，建一个贯通园子的长廊，组成一把无缝隙的"大伞"，可以最大限度地方便主人来往于园中各处。这真是精妙而实用的古人智慧！

  静下心来看留园，它确实小而精。占地约两公顷的留园，囊括了山水、田园、山林、庭园四种不同的景色。坐在堂屋之内，可以一览山水风景。站在假山上，又可望见屋内的家人。虽然园中的水面不大，但一只木舟漂浮其上，可享泛舟之趣。水面被点点雨滴轻轻拍打，激起无数微小涟漪，令池水倍显灵动与生机。不得不承认，雨中的留园别有味道，把江南的雨润与园林的秀美表现得淋漓尽致。园内建筑有各式各样的镂空窗洞，空窗、漏窗犹如一个个"画框"，将墙外的景色一幅幅"透视"到眼前，处处是景致，各个角落都别有洞天。留园中还有几宝，最有名的要算一块名叫"冠云峰"的太湖石，该石高6.5米，似一柄长剑直插云天，又像一条蛟龙出海。

　　途经一高处小亭，内有石凳石桌，有位老者坐在那里喝茶、读报。亭子旁边还有几株桂花树，时值桂花绽放，散发着阵阵幽香，沁人心脾。老者既不像游客，又不像园内的工作人员，这份悠闲与雅趣，仿佛留园是他家的后花园似的。我心生纳闷，却没有发问。倒是老者问我们是不是从北京来的，我们答"是"。他笑着说："听你们的口音就知道了，我也是北京人！"他乡遇老乡备感亲切。可一位老北京怎么会在苏州留园独享清闲呢？随后聊天得知，老者曾是一名老师，早年在南方上大学，后来一直在苏州工作，把家安在苏州，虽然北京还有老屋，但退休后还是长住在苏州。年过八旬的他进留园是免票的，他家就在留园附近，几乎每天上午都会来这里看风景、看报纸，瞧来来往往的游人，时不时会像与我们聊天一样和天南海北的游人谈他眼中的留园之美。这时，一群游人都围着听他侃侃而谈。他谈到兴处，站起身来说道："你们知道路吗？在留园饮酒赏月，能看到三个月亮。"说到此处他停住了，望着一个个疑惑的眼神，突然道，"天上一个，湖中一个，酒杯里还有一个！"抖完包袱，他爽朗地大笑起来。

一个园子，让人几十年看不厌，其魅力有多大！

（原载2017年8月4日《人民日报·海外版》）

附：

思辨的蒋萌

李景阳

我曾经去过蒋萌的家,我在18岁的蒋萌的房间里停留了几分钟。我看到了一个被"囚禁"在床上的美少年。在窗上贴上窗花,特制了一张木床,改制后,木床成了一个木架。木架的横梁有两个功能,其一是悬吊些玩具类,供蒋萌无聊时仰卧观赏,其二是拿横梁当单杠,练上半身的力量。床头有一台电脑,这是新科技送给他的最好礼物,是他从小屋观看外界的唯一媒介物,是他的全部精神寄托。

可喜的是,这台电脑,使他成就了事业。"秀才不出门,便知天下事",没有这个窗口,蒋萌身染重疾,足不出户,是断然不可能做出惊天动地的事情的。然而,他紧紧抓住了它,靠着它,重新书写了自己的生命,给世人送上了很多好的精神产品,也给杂文界带来了新的生机。

我喜欢绘画,素知有两个幽默画家,人称"南有关良,北有韩羽"。于是我也做了这样的联想:"抒情的海迪,思辨的蒋萌。"在一定程度上说,抒情更直接些,可能也稍容易些；而用思辨的才能写社会的政论，可能更难些。一个从12岁起就因疾患离开社会义务教育的蒋萌竟然胜任了这一点。他的杂文和时评，固然少不得杂文家的父亲的指导，但也绝对透露出他的天分。据我初步看来，他首先是个很有禀赋的政论家。他的网评，依据了大量的材料，对丰富的信息进行了很好的分析和综合，而后融进自己的思索，选取独特的视角，加以"力透纸背"的论说。他的社会批评不是剑拔弩张的"抨击"，而带有"以理服人"的平和。对现实材料的睿智的采撷，是他"说服"读者的重要手段。而他的"点评"又十分透彻和机警，有的地方发人深思，有的观点甚至对于管理决策都有某种建议性。他的时评不是"一事一议"，思路开阔、高屋建瓴的政论性，使他将当今随处可见的时评提高了一个档次。他的杂文，是一种以学者眼光观察社会的产物，同时又不乏杂文表述的色彩。如果用绘画做比，他的杂文使用的笔法是白描，他不事渲染，而以精准的物象勾勒打动人心，这又使他的杂文令人觉得质朴、确凿，读之心服口服。疾病限制了他的阅历，但他不仅从电脑"下载"信息，还用电脑来感悟世界。在很局限的空间里，他以自己的聪慧弥补了人生阅历的不足，并写出了那么多讥讽丑恶现象和丑恶灵魂的犀利的杂文。

　　蒋萌还很年轻，我不想过早给他戴上一顶华丽的桂冠。除了张海迪，我还知道文学界有个史铁生，大概可以说，张海迪善于抒情，史铁生善于叙事，而有同样身体条件能拿起思辨和政论武器的，也许蒋萌是第一人。我这样说，只是联想，也出于欣喜，不想定评，我希望"刚上路"的蒋萌全然淡忘名利，而只专注于勤恳的耕耘和不断的自我提升。

　　不必对蒋萌杂文做太多的技术上的分析，我以为他的杂文的"一身正气"，是当今文界最值得珍重的东西，甚至可以说是蒋萌出现的社会意义。他年轻，但不搞游戏人生的调侃，不被时髦的"是非虚无主义"所左右，这点，在年轻人中十分宝贵。看当今的文界，面对社会丑恶不敢理直气壮讲话者有之，干脆埋进故纸堆里悉数古人、旧人琐事逸闻的更不在少数。蒋萌1980年出生，是标准的80后一代。他一出道，就携一身正气、锐气和勇气，就将激浊扬清、推动社会进步揽为己任，这是比他的文字更可贵的东西。

　　　　　　（原载2011年12月23日《人民日报》。
　　　　　李景阳：中国社会科学院研究员、 杂文作家）

《蒋萌网评》
—— 一部沉甸甸的处女作

郑荣来

这是一位26岁青年写的处女作。当我拿到它时,却感到它有一种特殊的分量,手上和心中都有沉甸甸之感。作者是卧床13年、生活完全不能自理的重症残疾人,也是每天都与命运抗争的顽强斗士;作品凝结了作者个人许多苦痛的心血,也记录着他对当下社会纷繁现象的许多思考。

作者蒋萌,12岁时患了脊髓肿瘤,四肢瘫痪。这种在青少年中发病率只有十万分之零点三的怪病,几乎夺去了他的一切,后经三次大手术,他逃离了死亡线,但留下了终生难愈的后遗症。

小学都没有念完,未来的人生之路怎么走?小小年纪,他很快从迷茫中走出来。他自学英语,几年工夫竟达到大学研究生水平,还翻译了一些作品;他自学电脑,又达到了能修能装电脑的程度。最让他振奋的是走上了写作之路，从中寻找到了自己未来生活的位置。特别是在网上发表时评文章成就了他，他被评为"人民网2005年度最具影响力的十大网评人"之一。他左手没有恢复好，触感不灵，只靠一只右手盲打，写出数百篇网评文章，结集成这本《蒋萌网评》。

我最初的感觉，"蒋萌出书"的信息和事实，比该书的内容本身，更具有冲击力量，更能震撼我们的心灵。它展现的是一种奇迹、一种精神的威力和一种意志的效应。10多年来，他日夜都在床上度过，他面对的是小屋里的天花板和三扇墙，除了看病绝少出门，外面的世界他基本没有接触，一把轮椅也基本没派上用场。然而他却从一块电脑荧屏里，看到了五光十色的世界，看到了纷繁复杂的生活。他没有远离社会，而从大量的网络信息中，获知了天下的众多事情。他天天记日记，记录所见所闻，所思所想，而后慢慢地学写文章，并把它投到网上发表。从出道至今不过两三年，从陌生到娴熟，从十天八天写一篇到现在的每两天写一篇，成了写作快手。他的这一历程，他的每一篇文章，既凝结了一种智慧，更凝结了一种毅力。

蒋萌连小学都没有毕业，但他的不少文章，却透露了专业的学问，显示了行家的眼光。医疗改革、环境保护、法律制度、大学教育、海归现象乃至房地产经营等，和他的生活经历都不曾有过直接的联系，他没有这些方面的生活体验，也没有这些方面的知识积累，但他阐述的看法，言之有物，有理有据，看不出是个文化底子浅薄者所为。读他的文章，可以感到文章背后的功夫——阅读的、思考的功夫，也可以得到一些专业领域的知识——经过他消化并融进了他的理解的知识。

蒋萌笔下，有对社会正面现象的称颂，也有对负面现象的批评。他的态度是鲜明的，批评也是尖锐的，但都饱含着真诚的善意。他的分析，他的说理，都比较辩证，并不时于批评中提出自己的建言。他与人为善，与政府为善，与国家为善，与社会为善。他议论"驴拉宝马"现象，联系"砸大奔"事件，没有跟着当事人一起出气，而是呼吁制定法律条例；他批评倒卖车票的"黄牛党"现象，指明原因之后，郑重提出采用实名制的建议；他探讨一流大学毕业生外流现象时，除了指出教育制度的弊病外，还提出若干解决办法；他批评某电视台做警犬追咬美女的节目，指出"警犬没有疯，是人疯了"，让人如醍醐灌脑，知迷猛醒。他也有忧国忧民的情怀，但他没有四周皆黑唯我独明、社会险恶唯我独善的面孔。他说有人说他没有火气,我看这正是他的为人为文的一种风格,也是一个思想走向成熟的残疾青年的健全形象。

都说杂文是匕首,是投枪,我不否认这一说法。面对敌人,面对黑暗,面对腐败,面对恶势力,杂文应该发挥这一功能,这一功能过去曾经现在仍然对治疗社会弊病产生积极作用。蒋萌的网络文章,大都是思想评论,虽然不完全是严格意义上的文学范畴中的杂文,但无疑具有杂文的一些特色。在今天,在建设和谐文化的年代,我们的杂文还有一种手术刀的功能,它像在医生手里那样,轻轻地,准准地,对准患者的患处、病灶,施行着尽可能少痛甚至不痛的手术,进而把患者的病治好。杂文的两种功能各有其效。蒋萌的批评风格,不失为杂文家的一种选择。

读《蒋萌网评》,感到的是力量,是启迪:命运可以改变,人生也可以选择!

(原载 2007 年 1 月 30 日《人民日报·海外版》。

郑荣来:人民日报海外版原副总编辑、高级编辑)

快刀和热血
——读蒋萌新著《观点·良知》

朱悦华

看人民网蒋萌《观点1+1》不是一天两天了。最初,偶然看到一个略带几分忧郁的男孩速写头像,有几分特别。再看开场白:"大家好,我是小蒋。国事,家事,天下事,天天都有新鲜事。你评,我评,众人评,百花齐放任君看。观点各有不同,角度各有侧重,只要我们尊重客观、理性公正。"感觉有些意味。再看文章内容,都是关乎民生的大事小情,有感情,有思想,热情理性兼得。从此我便成了《观点1+1》的常客。

犀利而不尖刻,热情而不浮躁,针砭时弊而不油滑,包罗万象而不肤浅。这是最近我比较系统读蒋萌新著《观点·良知》的感受。

说来也巧,5号办公楼装修,我与文艺部蒋元明老师搬到了一个办公室。时间久了,聊得多了,才得知蒋萌就是蒋老师的公子!不由得大呼:"原来这样啊,难怪!"

俗话说，有其父必有其子。蒋萌的文章明显受到了蒋老师的影响，这是肯定的。但父子俩毕竟是两个人、两代人，如果说蒋老师的文章在幽默和机智中游走，那么蒋萌的文章则是在犀利和老成中炼成。他们俩的文章都具有思想者的品质。不知是不是蒋老师私下的教诲？蒋萌更关注底层人的生态，那些小人物的悲喜似乎格外牵动他的心，而对于各种时弊他也毫不吝惜自己的一腔义愤。蒋老师天性平和，游刃有余，表现在杂文中便是一种旷达和机智。蒋萌我还没有见过，但他文章的深度和对现实的热切关注程度绝不亚于他的父亲。

更让我诧异的是，后来我听说他居然每天是在轮椅上、在电脑前完成他的思考和写作的！那一刻，我的心被重重撞击了一下，站立很久，头脑里浮现着一个清秀男孩的影像，我不知该说什么，是安慰还是悲叹？我想他不需要安慰，更不需要悲叹，因为他为自己活出了精彩，他比很多健全人还要健康！

听说他自学了英语，而且具有相当高的水平，他小学还没毕业就坐在了轮椅上。说这些的时候，蒋老师的语气是平和的，没有一丝哀伤，带着一个父亲的满足和骄傲。我被深深感动了，我知道这一切的后面是父亲和儿子双重的坚强和付出，是一个家庭经年累月的打磨和超越。我满怀敬意地注视着他年轻的面容，像在看一个凯旋的战士。

每天一大早，他比一般人上班还要早。当别人在地铁里匆匆赶路的时候，他已在网络上纵览了一天的大事，然后选取一个最新鲜的话题，展开他的思绪。当别人坐在办公室喝茶上班的时候，就可以看到他用热血和快刀剪出的一篇篇时评了。

这就是蒋萌每天的生活，足不出户，却能纵论古今天下。

他说要感谢网络，给了他工作和人生的机会，他说更要感谢父母，他们为他承担了太多太多……他说母亲为了他，退休之后又学会了开车。我与蒋师母见过一面、打过一次电话，便感觉到她有着快活可爱的性格。

捧读蒋萌厚厚的新著，我感到了一个年轻生命的重量。默默地，我在心里祝福他，祝他走得更远、更好。

（原载 人民网。 朱悦华：人民日报主任编辑）

后　记

在末尾谈这本书的诞生，起初让我感觉有点吊诡。但转念一想，"轮回"都是周而复始的，开始与结束也是辩证存在的。我已不是萌芽，往事并不如烟。《生命是劫后重生的奇迹》是对我的青葱岁月的小结与告别，但那些经历与烙印仍将影响着我，伴我走向更远的地方。这本书结束了，我人生的又一阶段已然开篇。

大约在2015年4月，王乾荣老师约我给《北京杂文》写一篇文章，谈我的人生经历。我明白这是杂文圈的老师们对我的关爱与提携，是给予我一次自白的机会，可能会有更多人由此知道我、了解我。但坦白说，我对此是有踌躇情绪的。这不是因为懒惰或不知从何下笔，而是回顾曾经不堪回首的岁月与病痛的煎熬，并要对自己包括走上写作之路在内的一系列心路历程进行一次"心理自剖"，那种感觉五味杂陈。

在脑海中挣扎纠结、经过多日心理磨叽后，我还是认真地动笔了。我觉得，我的前半生虽算不上经历大风大浪，却也曾身涉凶险跌宕、生死搏斗；我没有机会走同龄人上学、高考、就业这样的惯常成长路径，却在无奈与渴望的夹缝中，在机缘巧合与自我突围的契合下，蹚出了一条看上去不算坏的、属于自己的"野路子"。将这些与他人分享，或许没有我想象中那么难。于是，笔尖顺着心路走，泪滴轻落于键盘，感怀、感动、感恩禁不住地流淌出来，最终形成了《享生活苦辣酸甜，与命运握手言和》一文。

该文发表于《北京杂文》，并通过刊物的微信公众号传播与转发，很多亲朋老友、杂文圈的老师前辈、认识我的人与此前不认识我的人，或为我点赞，或给予我鼓励，或感慨于父母对我深厚的爱与付出，或干脆问能为我做点什么……文章能够引起一些反响，并不出乎我的意料。因为，我知道人世间是有真情的，我用真情实感所写的东西，我相信会引起同样有真性情的人们的共鸣。但我没有料到的是，这篇文章会成为本书的缘起。

父亲有一位名叫张杏坦的大学同学，她是外地一家出版社的资深编辑。有感于我的经历，杏坦老师问我能否写一本类似自传的书，她愿为我这个小辈出书"服务一次"，而且没有任何

后 记

附加要求。这样的邀约意味着什么,我懂的,这真是我的荣幸!然而,更富戏剧性、出乎我意料的事还在后面。

  人民日报出版社社长董伟叔叔与我家同住一幢楼,相隔一个单元,此前我不认识他,他也只是看见楼里有个坐轮椅的小伙子常出来遛弯,也不知道我是谁。但我父亲和他却很熟,都是老报人,只是相互很少聊家常。当董叔叔听我父亲谈起我写了一本自述的书、准备请人设计封面时,他马上表示:如果可以的话,他们愿意为我出这本书,说我是报社的子弟,又有这样的励志故事,还在人民网工作,应当为孩子做点事。你也许想象不到我听到这个消息时的感动。那不光是一种难言的兴奋与喜悦,更蕴含着一种深深的归属感以及被关爱的动容。杏坦老师知道后也表示支持,说北京人才多,力量强,书会出得更好。

  每个人的生命都是一本书。不是所有人都有表达的能力和适当的机会将自己的故事讲给他人听。在这个"求关注"的时代,《生命是劫后重生的奇迹》的出版则是一次"给关注"的良机。董叔叔希望通过我的故事与作品,让更多人,尤其是年轻读者,了解我的人生经历、我的心路历程,让我有机会阐述自己对人生观、价值观、世界观的理解。我知道,这不仅是对我个人的一种提携,而且折射出一名老出版人的良苦用心与社会良知。

  从王乾荣老师约我写个人经历,到张杏坦老师启发鼓励我把自己的故事写成书,再到人民日报出版社最终把这本书展现给读者,整个过程看似偶然,但冥冥中是否蕴含某种感召与必然?环环相扣,手手相连,一位老师的抬爱紧接着另一位老师的提携,一篇文章的完结成为一本书的开端,就像是接力一样,完成了爱心的传递。

曾在鬼门关走过一遭,我经历过生命的涅槃。以健全人的视角来看,我是不幸的,寻常人举手之劳的活动,对我而言可能就是迈不过去的坎儿。但我觉得,我又是幸运的。因为,这一路走来,有我挚爱的父母以及太多好心人、老师、亲朋好友给予我无私的关爱和帮助,陪伴我走过困苦的岁月,让我获得身心的重生,鼓励并给予我施展写作才能的舞台,助力已然断翅的我实现精神上的翱翔。那些爱我与我爱的人,我要衷心地道一声:"谢谢!愿你们平安!"

这本书以我的自述为主,同时也摘选了一些曾经采写我的通讯中的部分段落,以期多侧面、多角度反映我走过的心路历程。通讯的主要内容虽然是我讲述的,但经过采访者不同视野不同感受的筛选、提炼,凝结了他们的心血,这让我一直感念在心。再一次衷心感谢宋含露、邵宁、罗娟、李鹤、王青笠、曾祥书等记者和朋友为我付出的辛勤劳动。

本书的责任编辑林薇主任、陈佳老师对书的策划、包装等

后 记

更是用心尽力，我同样要表达诚挚的谢意！

  我也问过自己，在工作与生活快节奏的当下，在物欲横流令人难免浮躁的今天，读者有没有足够的耐心看完我的故事？最终，我的答案是，人与人之间需要缘分，故事也要碰到有缘人。如果你愿意抽出一点时间翻翻这本书，哪怕能从我的经历与感受中有一点触动，已是对我一直以来投身写作、付出精力与心血的鼓励了。

  未来之路，不会平坦。将来之事，难以预料。唯一确定的是——我，依然在路上……

蒋 萌
2018 年 9 月 21 日